DAVID BOWLES

David Bowles es un escritor y profesor mexicoamericano que vive en el sur de Texas. Ha escrito más de veinte libros, entre ellos *Serpiente emplumada, corazón del cielo: Mitos de México*. Su novela en verso *Me dicen Güero* ha sido galardonada con múltiples premios, como el Premio de Honor Pura Belpré, el Premio Tomás Rivera y la lista Bluebonnet.

LE DICEN

FREGONA

LE DICEN
FREGONA

POEMAS DE UN CHAVO
DE LA FRONTERA

DAVID BOWLES

VINTAGE ESPAÑOL

Penguin
Random House
Grupo Editorial

Originalmente publicado en inglés bajo el título *They Call Her Fregona*
por Kokila, una división de Penguin Random House LLC, Nueva York, en 2022.

Primera edición: enero de 2023

Impreso en Colombia / *Printed in Colombia*

ISBN: 978-1-64473-577-0

23 24 25 26 27   10 9 8 7 6 5 4 3 2

A todas las chavas brillantes y fregonas de Eagle Pass,
que insistieron en que escribiera este libro.

Tenían razón. Hacía falta que se contara
la historia de Joanna.

Gracias.

ÍNDICE

PARTE II: OTOÑO

EPÍLOGO NAVIDEÑO

Pum.

Pum.

Mi corazón mareado se columpiaba
entre el cielo y la tierra.
Era mi primer amor.

—de "La física del amor", de Kim In-yook

PRÓLOGO INVERNAL

CARNE ASADA NAVIDEÑA

Nochebuena, la excusa perfecta
para poner fajitas en la parrilla.
Con mis tíos y primos, me arrimo
a mi papá, mirando el chisporroteo.
Caras que brillan con sonrisas y calor,
el viento frío se levanta a nuestras espaldas.

NIEVE FRONTERIZA

La tarde se vuelve noche oscura,
más callada y fría que de costumbre.
La casa brilla, engalanada de luces
el mero corazón reluciente
de este huerto de toronjos.

Las festividades han terminado.
Mis primos duermen despatarrados
en sofás o en el suelo, mis tíos dormitan
mientras en la tele *Milagro en la Calle 34*
se desplaza bajito, pero siempre mágica.

En la penumbra de mi habitación,
leo sus mensajes en mi teléfono.
La puerta se abre con un lento gemido.
"Güero", susurra mi papá.
"¿Estás despierto? Vente, mijo".

Me limpio unas lágrimas
antes que encienda la luz.
Son casi las doce de Nochebuena.
"Espera, papá", digo preocupado.
"¿Qué pasa? ¿Todo bien?".

"Shh. Confía en mí. Ven afuera a ver
el mejor regalo que hayas recibido:
alegría pura, esparcida desde el cielo".
Hay algo raro en su voz, pero lo sigo
por el pasillo, luego la puerta trasera.
El mundo se ha espolvoreado de blanco.
Nieve navideña. Imposible.
"Cien años que no sucede esto",
dice papá, dando pasos crujientes,
su cara brillando de asombro y deleite.

Un beso suave. Los copos caen,
astros helados que motean lo oscuro.
Fragmentos de magia, polvo divino,
bendiciones derramadas sobre nosotros
por el mismo Dios. Saco mi celular.

Ella me contesta con voz modorra.
"Asómate afuera, Joanna", le digo.
Inhala de golpe. "¡Está nevando, Güero!".
"Feliz Navidad, nena. Te extraño".
"Yo también. Mucho. Te hablo mañana".

Miro a mi papá. Él asiente ante el peso
de su ausencia. Seguimos así, callados
por un momento, la casa santificada
en su manto de nieve, los árboles
pálidos centinelas bajo las nubes.

Luego nos desplomamos en esa sábana
blanca tirada suelta sobre el zacate,
y por un momento somos ángeles,
riendo inocentes al extender
alas de plata sobre la tierra.

Mi diario

Después de despertar a todos,
después de la batalla de bolas de nieve,
después de que crear hombrecitos de nieve
ha dejado rojas las palmas de los huercos.
Mamá hace una olla de chocolate.

Con mi taza humeante
que deja un rastro de canela y almendras,
vuelvo a mi recámara, cierro la puerta,
me siento en mi escritorio y saco mi diario.
Son seis meses de poesía.

Tomando sorbitos, hojeo las páginas.
A veces mis ojos lagrimean. Otras,
la risa me hace casi escupir chocolate
sobre esos preciosos poemas.
Ha pasado tanto. Tanto.

Pero ahora puedo ver su forma,
las breves pero dulces alegrías del verano
girando hacia las amargas luchas del otoño.
El fantasma de una trama singular,
como un diamante en bruto,
un ángel atrapado en mármol.

Pero ¿yo qué soy? Soy un poeta,
mi pluma es un cincel de forma,
que esculpe emociones y sucesos
con métrica y rima
hasta que encajen,
sin fisuras, enteros.

Me tomo el resto del chocolate
de un solo trago. Luego,
con manos temblorosas,
empiezo a descascarar.

PARTE I: VERANO

LOS DETALLITOS

"Seré tu novia".
Eso dijo, así es que
no he necesitado
definir esta relación.

Expresamos lo que sentimos
con detallitos,
todas esas cositas que hablan
más fuerte que las palabras.

Como cuando la espero
fuera del salón un día
y me agacho para atar
sus agujetas sueltas.

O cuando vamos caminando a casa
y me acerco demasiado a la vía
justo cuando un camión pasa
y ella me jala hacia el zacate.

O cuando llegamos a la tienda de un dólar
y compramos ingredientes para espagueti,
que cocinamos juntos en mi casa
porque mi familia está en el dentista.

O cuando la encuentro parada sola
una mañana, a una cuadra de la escuela,
y parece triste, y la abrazo por detrás
hasta que se recuesta en mí, suspirando.

O cuando uno de los cuates de Snake me hace
tropezar en el pasillo, pero ella me pesca,
y todos aplauden mientras me endereza
lentamente, mirándome a los ojos.

Soy poeta, pero todos estos gestos comunican
más que cualquier verso que pudiera escribir.

DOMINGO POR LA MAÑANA EN LA TAQUERÍA

Mi familia es católica. No comemos
antes de la misa por el sacramento.
Así que vamos a la misa más temprano,
con los estómagos gruñendo,
e intentamos concentrarnos.

A las 9:00 a.m., salimos apurados
de la iglesia de San José para subirnos
a la camioneta. Muy a pesar de mamá,
papá hace rechinar las llantas
camino a la Taquería Morales
a unas pocas cuadras de distancia.

La mayoría de los domingos,
el alcalde y su mujer ya están comiendo.
Son bautistas, los suertudos.
Pueden comer todo lo que quieran.
antes de ir a la iglesia.

El Sr. Morales nos atiende.
Sirve café con canela y jugo
en tazas con el logo verde
del Club León, su equipo
favorito de futbol.

Ordenamos. Pido lo de siempre,
huevo con chorizo, acompañado
de papas fritas y frijoles,
con los que relleno mis tortillas
de harina calientitas, agregando
salsa verde.

Otros feligreses no tardan mucho
en llegar. Papá saluda a algunos,
ignora a otros, como su exjefe.
Luego entra el padre de Joanna,
Adán Padilla. Esbozo una sonrisa natural
mientras saluda a mis padres.

"Buenos días, Don Carlos,
Doña Judith. ¿Qué tal, Güero?".
Lo saludo con mano temblorosa.
"¿Y su familia?", pregunta mi mamá.
"En casa. Vengo por unos taquitos".

El Sr. Morales le entrega una bolsa
rebosante de comida. Paga y se va.
Papá sorbe su café, sacudiendo la cabeza.
"Una pena. Ese hombre debería ser un pilar
del pueblo. Güero, te veías nervioso".

Mamá arquea la ceja izquierda
como siempre hace
cuando sospecha algo.
"¿No sabe que te gusta su hija?".
Tartamudeo, ruborizado. "N-no sé".

Checo mi celular. Ningún texto de Joanna.
Mis padres murmuran: nuevos escándalos
y chismes viejos. Me inclino hacia adelante,
intentando oír, hasta que mamá frunce el ceño.
"Cosas de adultos", dice, y su mirada fulminante
me obliga a reclinarme otra vez.

"¿Conocen todos los secretos de todos?",
pregunto, todavía queriendo saber

por qué papá usó la palabra *pena*. Él se ríe.
"Es un pueblo chico, mijo. y la gente
más metiche está metida en esta taquería,
incluyéndote a ti. Ahora, termina tu almuerzo".

Así que sigo comiendo. Pero mis ojos
vagan por las mesas abarrotadas
y mis oídos se esfuerzan por escuchar
más allá del tintineo y la risa,
el latido constante
de mi comunidad.

THE KISS

Al día siguiente,
el primer lunes de mayo,
Joanna y yo tomamos un atajo
después de clases
por el naranjal
cerca de mi casa.

"Sabes", dice ella,
soltándome la mano para
secar una palma sudorosa
en sus jeans negros,
"solo falta un mes
para que acabe la escuela.
Será más difícil juntarnos,
ya que mis padres esperan
que les ayude todo el verano".

Me paro. Se voltea a mirarme.
Hay algo en sus ojos oscuros
que puedo sentir con mi pecho,
un dolor como nunca he sentido:
aterrador pero bueno. Todo se desvanece.

El sonido de los carros que pasan,
el áspero zumbido de las cigarras,
absolutamente todo se ahoga
por los latidos de mi corazón.

Los árboles con su verdor lustroso
y la fruta brillante con sus hoyuelos
se vuelven nebulosos, fuera de foco,

hasta que solo puedo ver sus labios,
de un rojo que ni siquiera sé describir:
oscuro, casi marrón.

El color de las vainas de mezquite.

Respiro hondo, temblando
como si este aliento
pudiera ser el último,
y le pregunto a mi fregona:
"¿Puedo besarte?".

Ella asiente, cerrando lentamente
esos grandes ojos cafés.
"Sí, Güero. Puedes".

Así que lo hago.

SU CANTO EN MI SANGRE

Mi corazón retumba
cual tambor
al tocarse nuestros labios.

Sobre ese ritmo
puedo oír
una nueva melodía.

Notas de su alma
calan en
el compás de mi corazón.

Cuando nos separamos,
solo quiero
compartir esa música,

pararme en un escenario
ante el mundo
y hacer que escuchen

al vibrante, bello,
pulso vivo
de su canto en mi sangre.

LE DICEN FREGONA

Joanna Padilla Benavides.
Eso dice su acta de nacimiento.
Padilla por su padre, Adán,
que también le heredó su afición
a los carros
y la lucha libre
y la verdad.

Benavides por su madre, Bertha,
que también le heredó esa sonrisa torcida,
esos hermosos ojos cafés,
un gran corazón lleno de amor,
talento para las matemáticas.

Es "Jo" para los cuates,
dos pingos de seis años
llamados Emily
y Emilio.

"Mamá Yoyo" para el bebé
que apenas empieza a hablar.

"Te rompo la cara si se lo dices a alguien",
me asegura Joanna, una ceja levantada.
"Mis labios están sellados", le prometo.
Me da un beso rápido para estar segura.

En la escuela, por supuesto,
le dicen Fregona.
No la juntan las chavas,
excepto por sus primas

y algunas otras amigas
que no encajan del todo
por las normas de género
y la queermisia.

Muchos chavos le tienen miedo,
al menos los de séptimo grado.

"Odio ese apodo", admite un día.
"*Güero* es positivo. Implica belleza.
Hasta su sonido es suave y dulce.
Fregona suena áspero, feo. Algo molesto,
como fregar el piso o la grasa de una sartén".

"No eres fea", le digo, contundente.
"Y no tiene sentido que la tez clara
signifique belleza. Esa idea está mal.
Cuando escucho *fregar*, pienso en la paliza
le diste a ese perdedor Snake Barrera,
cómo defiendes a tu familia y amigas,
cómo dominas a las fresas en Álgebra".

Joanna toma mi pálida mano
entre sus dedos morenos,
callosos y hermosos,
como raíces en suelo arenoso.

"Apá sigue empujándome a ser dura.
Ha visto lo que el mundo les hace a las niñas".

Respira hondo. "No quiere que termine
como su madre o sus hermanas. Maltratada.
Ignorada. Y mi mamá también es fregona.
Hay muchas expectativas. No puedo decepcionarlos.

"Pero, uf, ser dura es difícil. Así que gracias.
Verme con tus ojos ayuda mucho".

Levanta la vista, primero tímida, luego sonriente,
esa sonrisa torcida que no tiene rival. "Y si Snake
te llega a molestar otra vez, lo voy a mandar
al hospital. Nadie te toca excepto yo".

Pongo mi mano sobre el puño que hace,
dándole un suave masaje en los nudillos.

"Joanna, no tienes que ser dura
cuando estamos solos. Yo te veo,
de principio a fin, todo lo suave
y dulce también".

Ella relaja los dedos y suspira,
apoyando su cabeza en mi hombro.

CONSEJOS ROMÁNTICOS

Después de que Joanna
dijo que sería mi novia,
yo volaba de felicidad.
Luego el remolino de la realidad
me mareó con dudas.

Nunca he sido novio.
Quiero hacer las cosas bien,
así que lo primero que hice
fue pedirle consejos
a la gente en quien confío.

Abuela Mimi: Cree lo que dice
querer de ti. Tómale la palabra
sobre lo que necesita. Respeta su "no"
y escucha su "sí". Nunca intentes guiarla
hasta que te lo pida. Luego toma su mano.

Tío Joe: Tú sé el tipo de muchacho
que la enorgullece. Nunca jamás
la menosprecies frente a los demás.
Nunca dejes que la menosprecien.

Bisabuela Luisa: La música es la clave.
Escríbele canciones, cántalas suave,
no dejes que se debilite la armonía
que une tu corazón al suyo.

Tío Mike: El amor no es suficiente.
Es como la ubicación y los planos.

Tienes que construir una relación,
bloque a bloque, sudor y lágrimas.

Mi hermana mayor, Teresa: Dale su espacio.
No te interpongas entre sus amigas y ella.
No te atrevas a mirar siquiera a otras chavas.
Ella merece tu lealtad y respeto.

Abuelo Manuel: Dale el mundo.
Flores, chocolate, joyería.
Baña a esa niña con regalos, Red,
hasta que sepa que es tu reina.

Tía Vero: Sirven más los detalles
que los grandes gestos, Güero.
Muéstrale cada día tu cariño
de la forma más sencilla.

Papá: Eres como yo, un reparador.
Pero, mijo, no podrás arreglar cada
problema que tenga. No es tu trabajo.
Tu trabajo es escuchar y consolar.
Lo aprendí por las malas.

Mamá: Cierto. Al principio, Güero,
siempre que me quejaba de algo
que pasaba en el trabajo o la iglesia,
intentaba darme consejos, hasta que al final
le dije: "Puedo con mis propios problemas.
Solo te necesito en mi esquina, animándome,
levantándome, abrazándome fuerte".

MY OWN RESEARCH

~~Antes de pedirle a Joanna que fuera mi novia,~~
~~había pasado un año leyendo libros~~
~~y webcómics con subtramas románticas,~~
~~estudiando lo mejorcito, escrito por mujeres,~~
~~medio haciendo diagramas~~
~~de todos los altibajos.~~

Ajusté mis emociones a la norma,
cual poema que arde a pesar de la forma.

¡TACHA ESO! ¡VUELVE A INTENTAR!
¡Que sea una balada romántica, Güero!

Para andar con la Fregona,
por un año nomás leí
libros hechos por mujeres,
y con el camino di.

Con Teresa, vi montones
de programas románticos,
K-dramas, telenovelas,
series de amor, eran mis shows.

Y el ritmo del romance
fue calando en mi ser.
Armado con valiente amor
seguro la iba a atraer.

No seré como otros chavos,
que buscan ser conquistador.

No solo un novio decente,
tengo que ser el mejor.

Mi Joanna merece más.
que un destino cualquiera.
En este cuento seremos
la pareja verdadera.

CÓMO SE JUNTARON MAMÁ Y PAPÁ

Le cuento a mi papá cuánto le temo al día
en que tendré que contarle a Don Adán
que estoy saliendo con su hija.

"Te entiendo perfectamente",
responde mi papá. "Déjame contarte
la historia de cómo tu mamá y yo
nos juntamos y la reacción de su papá.

"Teníamos amigos en común
que decidieron hacer de casamenteros
y nos invitaron a una fiesta. Nos conocimos
y quedé embelesado. Tenía que salir
con esta hermosa mujer de México.
Por suerte, yo también le gusté a ella.
Durante tres meses, fuimos inseparables,
compartiendo nuestras vidas y risas,
enamorándonos lentamente".

Todo esto lo sé, aunque sonrío
al pensar en ellos hace veinte años,
jóvenes y apasionados, tejiendo un amor
que perdura hasta el día de hoy.

"Tu madre estaba tramitando
apenas su tarjeta verde.
No podía viajar de vuelta a casa
para presentarme a sus padres,
pero no queríamos esperar.
Así que nos casamos aquí
con un juez de paz,

nada lujoso. Acordamos
mejor gastar nuestro dinero
en la construcción de una casa.

"Una vez que se le permitió volver
legalmente a su país de nacimiento,
nos presentamos en su casa
y les dimos la buena noticia.
Tu Mamá Toñita se emocionó,
llorando de alegría, pero Tata Moncho,
bueno... me hizo un gesto con el dedo,
me llevó a la azotea
bajo un cielo nublado.

"Y, caray, me regañó fuerte.
'Joven, ya que decidió
casarse con mi hija
sin mi permiso, entienda:
no se aceptan devoluciones
en este hogar. Se la ha llevado,
así que hágase responsable'.
Tu madre escuchó este discurso,
estaba mortificada, se disculpó.
Pero capté el mensaje: algunas cosas,
Güero, no se deben retrasar.
Adán Padilla es un buen hombre.
Él te aceptará si le explicas todo.
Sin embargo, si esperas mucho más,
esa familia se sentirá traicionada".

Me duelen las palmas cuando termina.
Mi estómago da vueltas y se retuerce.
Hurra. Pan comido. Nada de presión.

GÜERO Y LOS BOBBYS

Incluso los chavos indiferentes se amontonan
en el auditorio, listos para el concurso de talentos.
Dos horas sin tareas hacen que valga la pena
escuchar chistes cursis, ver bailes torpes.

Los Bobbys y yo estamos cerca del frente.
Fingimos que somos jueces en la tele,
murmuramos consejos a los concursantes,
elegimos a los que formarán nuestros equipos.

Las primas de Joanna hacen un sketch cómico,
un montón de payasadas y juegos de palabras.
Esteban "el Chaparro" González
rompe un ladrillo con su frente gruesa.

Chesa Ossorio gira y lanza
un bastón reluciente en el aire,
pero al final se le va de la mano
y casi golpea al director.

El mejor es Andrés Palomares,
que pierde toda timidez y tartamudez
al ondular con misterio su capa negra,
realizando increíbles trucos de magia.

Al final, un grupo musical, estudiantes mayores
que apenas conozco. Necesitan más práctica,
y la voz del cantante está desafinada.
Pero, aun así, me siento un poco envidioso.

Bobby Delgado suelta una carcajada
cuando vamos saliendo. "¿Lo escucharon?".
Y se pone a cantar, imitando al chavo
con tanta perfección que empezamos a reírnos.

Luego, de repente, Delgado se endereza
y comienza a cantar a todo pulmón,
en el tenor más rico y sorprendente
que he escuchado en mucho tiempo.

Bobby Lee solo lo mira, asombrado.
Handy se frota los ojos, moviendo la cabeza.
"¡Güey!", grito, agarrando la camisa de Delgado.
"¡Nunca nos dijiste que podías cantar así!".

Un grupo de casi puras chavas nos ha rodeado.
Delgado sonríe. "Pa' que veas. Talentos ocultos".
Y mi mente explota con ideas. Lee toca piano
y violín. Yo acordeón y un poco de guitarra.

Joanna se nos acerca, ladeando la cabeza.
Mi corazón late rápido al formarse las palabras
que irán con la melodía de nuestro beso. "¿Güero?
Conozco esa mirada. ¿Qué idea descabellada tienes?".

Me siento enrojecer. Tomándola de la mano,
volteo hacia mis tres mejores amigos del mundo.
"Carnales", carraspeo casi sin aliento,
"hay que formar un grupo musical".

NOS HACE FALTA UN BATERISTA

El primer intento es horrible, quizá el peor que exista,
una prueba para nuestra práctica de verano ya prevista,
Hay un cantante, un acordeón, y sí, un violinista,
pero cuatro integrantes sería mucho más realista.
A Handy lo miro con un suspiro y me siento pesimista.
No es nada musical. No canturrea, apenas chista.
"Nuestro sonido es bueno, pero requiere otro artista.
El ritmo lo es todo. Nos hace falta un baterista".

PRIMERA CITA

La primera cita es obra de nuestros amigos.
Cuando nos juntamos todos en el cine,
los Bobbys y las Morras se ríen:
¡han comprado boletos diferentes!

Tomados de la mano, con tartamudeos,
Joanna y yo buscamos asientos en la oscuridad.
Comienzan los cortos. Miramos alrededor,
una sala vacía.

Con mi fregona cálida a mi lado,
las subtramas aburridas se desvanecen,
reemplazadas por sus dedos y cabello,
su cabeza en mi hombro.

Una escena nocturna oscurece la pantalla
y nuestros labios se encuentran. La magia se rompe
cuando un joven acomodador se aclara la garganta
y nos separamos rápido.

"Tengo hambre", susurra Joanna.
"Vamos a comer algo ya".
Abandonamos la película aburrida
y cruzamos la calle.

El mercado asiático tiene abarrotes,
pero también excelente comida coreana.
Pedimos kimbap y japchae,
tteokbokki picante también.

"Nuestros amigos pueden ser irritantes",
digo entre mordidas. "Pero esta vez,
tengo que darles gracias. Me divertí,
estando solo con mi novia".

Joanna sonríe y checa su teléfono.
"Ay, güey. Apá ya viene en camino.
Les texteo a las morras que se den prisa".
Un frenesí de dedos.

Suspiro.
Es hora
de dar
la cara.

CONOCER A SUS PADRES

A mediados de mayo, justo antes
de que termine el año escolar,
Joanna pregunta a sus padres
si me puede invitar a cenar.

No creo haber estado más nervioso
en toda mi vida. Papá se ríe al dejarme
en su casa. "Eres un buen chamaco.
Ellos lo saben. Nomás relájate, Güero".

Aun así, estar sentado en esa sala
frente a la mirada seria del Sr. Padilla
es bastante intimidante.

Joanna es la que habla hasta que
su mamá la llama a la cocina
y me quedo solo con su padre,
que tiene muchas preguntas para mí.

"¿A qué equipo de futbol le vas?".
Explico que no soy fan de los deportes.
"Bueno, ¿qué quieres ser de grande?".
Como si fuera un niño. No sé, tal vez escritor.

"¿No vas a trabajar con tu papá
en la construcción? ¡Pero si gana bien!".
Creo que Arturo va a heredar el negocio.
Le encanta construir cosas con Legos.

El Sr. Padilla no parece entenderme.
No estoy seguro de que le caiga bien.

Durante la cena, me sigue mirando desde
el otro lado de la mesa, evaluándome.

La mamá de Joanna hace preguntas más fáciles:
cuáles son mis comidas favoritas, cómo voy
en la escuela, si tengo ropa que necesita arreglo
(ella es costurera y me la arregla gratis).

Luego, Emily toca mi hombro, ladeando la cabeza.
"¿Estás tratando bien a Jo, Güero? Más te vale
no lastimar nunca a mi hermana mayor".
El Sr. Padilla asiente. "Pregunta importante".

"Claro que me trata bien", comienza Joanna,
pero su madre la detiene, negando con la cabeza
mientras su padre se inclina hacia adelante,
sus ojos clavados en los míos.

"Por supuesto", respondo finalmente,
mis manos temblando bajo la mesa.
"Tengo mucho respeto por Joanna,
y me gusta demasiado como para lastimarla".

Él se recuesta en su silla y sonríe.
"Aprobaste. Quizá no tengamos mucho
en común, pero yo también la respeto.
Además, te puede romper la cara, ¿no?".

En eso, la tensión se derrite
y todos se ríen
cuando Joanna hace un puño falso
y me da un golpecito en la barbilla.

Nuestras miradas se encuentran
por un breve instante,
y guiño a su verdadero ser
que brilla por dentro.

JOANNA Y LAS MORRAS

Al igual que yo con
mis cuates, los Bobbys,
Joanna tiene una clica
también.

Todos les dicen las Morras.

El nombre fue una broma gacha,
ya que no son como muchas chavas
en la escuela,
pero ellas lo hicieron suyo
y ahora lo presumen.

Miembros:
las primas de Joanna,
Dalila Benavides y
Samantha Montemayor;

la mejor amiga de Joanna,
Victoria Castillo;

y el nuevo miembro,
Lupe Paz, una persona no-binaria
(y quizá el grupo debería llamarse
mejor les Morres o lxs Morrxs,
pero Lupe dice que no le importa).

Cuando Joanna aceptó
ser mi novia,
cada una se me acercó
y me amenazó.

Ya me lo esperaba.

Dalilah: "Trátala bien, Güero,
o te irá muy mal en la vida".

Samantha: "Eres su primer novio.
Hazla feliz. Ella se lo merece.
Y te merecerás lo que te pase
si alguna vez la haces llorar".

Victoria: "¿Mi opinión? Es un error
de su parte. No eres el chavo indicado
para Joanna. Pero no me hace caso,
so try to be less of a freaking dork".

Lupe: "Puedo ver que hay algo especial.
Así que ten cuidado con eso, Güero. Es frágil,
y los muchachos tienden a romper las cosas".

Les he prometido que la trataré bien,
y lo digo en serio, real y verdaderamente.
Joanna es todo lo que siempre quise
en una novia. No pienso perderla.

APRENDIZ DEL INGLÉS

El primer idioma de Joanna
es el español, que se hablaba en casa
y la iglesia y el parque infantil.

Cuando se inscribió en kínder,
la etiquetaron como "EL":

English Learner: Aprendiz del inglés.
En su clase bilingüe, el español
se usaba para enseñar a los niños.

El programa cambió en primer grado,
la mesa directiva exigió más inglés.

Los maestros protestaron:
los hispanohablantes necesitan leer
en español primero mientras

aprenden a escuchar y hablar
en su segundo idioma.

Pero los que querían solo inglés
ganaron esa batalla, así que Joanna
se atrasó en sus estudios,

obligada de pronto a escuchar, hablar, leer,
escribir y tomar exámenes solo en inglés.

Sus calificaciones no eran muy buenas:
reprobó el examen estatal de lectura,
aunque es superinteligente.

Ahora, en lugar de la clase de literatura,
debe tomar inglés como segundo idioma.

La ayudo a estudiar.
Le da pena cuando se equivoca,
pero le acaricio la mano.

"No es tu culpa", le digo.
"Te enseñaré lo que ellos no".

EL PRIMER BULLY DE JOANNA

En segundo de primaria,
un niño empezó a atormentar
a Joanna todos los días.

Ella solía llevar el mismo uniforme
dos días seguidos para que su mamá
pudiera lavar el otro y secarlo al aire.

El niño le decía sucia, piojosa,
y chompuda, ya que su pelo
era casi siempre un desastre.

Él se burlaba de su acento,
hacía que otros la remedaran,
le robaba la tarea y los libros.

La maestra no se daba cuenta
o tal vez no le importaba.
Las cosas se ponían cada día peor.

Luego, un día, en el pasillo,
el niño se pasó de la raya.
La empujó y gritó frente a todos:
"A que tu mamá es igualita a ti,
estúpida y sucia y prieta, también".
Con la lengua fuera, corrió hacia el aula.

Pero Joanna estalló en movimiento,
impidió que la puerta se cerrara
y jaló al niño de vuelta al pasillo.

"Di lo que quieras de mí, baboso",
le susurró al oído mientras él temblaba,
"pero no vuelvas a mencionar a mi mamá".

Luego puso el brazo del bully contra el marco
y cerró la puerta de golpe. Una vez. Dos veces.
El niño aulló de dolor, con lágrimas en los ojos.

"Me suspendieron", me dice Joanna, sonriendo.
"Pero ese bully nunca me volvió a molestar".

PAPÁS GOLFISTAS

Lo chido de conocer a
Bobby Lee en sexto grado
fue que nuestros papás
pudieron reencontrarse.
Habían sido amigos en la prepa,
pero el Sr. Lee se fue a estudiar
a una universidad lejos de aquí,
y perdieron el contacto.

Ahora ambos tienen sus negocios,
la compañía de construcción de papá,
la tienda familiar del Sr. Lee.
"Pilares del pueblo", bromean.
Cada dos sábados, los dos amigos
se reúnen para jugar al golf.

A nuestras madres no les gusta mucho
(tienen un montón de mandados),
y mi hermana Teresa se burla:
"Qué aburrido y capitalista".
Pero nos encanta a Bobby Lee y a mí.
¡Qué chido que nuestros papás
se juntan como carnales también!

Una vez, nos pegamos como chicle
y, ¡guau!, una gran sorpresa:
se pasaron nueve hoyos discutiendo
si Marvel o DC tienen los mejores
superhéroes y qué grupo de grunge
fue el más fregón de los noventa.

"Viejas peleas", dijo papá en el carro.
"Pero Eugene está equivocado, obvio".
No pude contener la risa.
"Conozco a dos nerds diversos,
quienes sacaron lo fanáticos
de sus papás golfistas".

DOS DÍAS DE LA MADRE

un rondel

Dos días de la madre mamá se merece,
el doble de regalos y tranquilidad:
el diez de mayo se le agradece,
el segundo domingo la dejamos en paz.

Mexicana que en este país permanece,
se esmera en mantener bonito el hogar.
Dos días de la madre mamá se merece,
el doble de regalos y tranquilidad.

Con papá, limpiamos mientras se cuece
la comida favorita de nuestra mamá.
Decoramos con flores, una gran variedad,
para mostrar que ella nos enorgullece.
Dos días de la madre mamá se merece.

BABY PICTURES

A pesar de mis protestas, mamá
saca los álbumes de fotos
cuando Joanna está de visita.

Un viaje en el tiempo,
desde peinados horribles
hasta ropa usada de la pulga.

"¡Qué chulo!", sonríe Joanna.
"¿Verdad? ¡Se ve lindo
con su camisita rosa!".

Apenas se juntaron. ¡Más fotos!
Yo, vestido como un mariachi
o mostrando las pompis, encuerado.

Se ríen. Me pongo todo colorado.
Hago changuitos para que Teresa
no irrumpa con comentarios.

"Aquí está su primer retrato",
mamá dice con orgullo.
"Un gordito enojón".

Yo era un bebé grande y gruñón,
la cara toda roja, los puños cerrados,
el entrecejo fruncido.

"¡Casi trece libras pesaba la criatura!",
mamá exclama, soltando una carcajada.
"Como un guajolote de Thanksgiving".

Joanna me toca las costillas y se ríe.
"¿Adónde se fue todo, flaco?
¿Tu cerebro quema todas las calorías?".

Mamá se levanta a guardar las fotos
y nos deja solos, charlando
en el comedor.

"¿Y tu foto del hospital?",
pregunto. "No la vi
colgada en tu casa".

Joanna hace una mueca
que comoquiera revela
sus bonitos hoyuelos.

"Mi amá es ciudadana,
pero mi apá no tiene papeles,
y eso complica las cosas.

"Amá estaba trabajando
cuando se le rompió la fuente.
La llevaron de urgencia al hospital.

"Llamaron a mi apá,
y manejó recio para llegar
pero lo pararon.

"No fue un policía normal,
sino ese jefe de policía corrupto,
quien amenazó con denunciarlo

"a la migra a menos
que mi apá se mochara
con una fuerte mordida.

"Ahora maneja bien despacio,
sus ojos pegados al camino,
cada milla un riesgo.

"Pero en ese entonces era peor.
estaba tan nervioso,
que rechazaba todo.

"Nomás lo que es,
decía. Nada extra,
nada que llame la atención".

Es obvio que le molesta un poco,
así que tomo su mano
y murmuro:

"Bueno, estoy seguro de que eras
una bebé hermosa,
Joanna".

"Amá dice que era como
un monstruo, flacucha y peluda.
¡But thanks, bae!".

TEN THINGS I KNOW ABOUT EACH OF THE BOBBYS

Bobby Lee

1. Sus abuelos abrieron su tienda.
cuando mi papá estaba en primaria.
Vinieron de Corea del Sur. El Sr. Lee,
el padre de Bobby, era solo un niño.

2. Como mi propia mamá,
la Sra. Lee vino a EE.UU. de adolescente.
Y cuando habla cualquiera de las dos,
puedes escuchar sus patrias
asomándose entre las sílabas.

3. Bobby Lee comenzó a estudiar
y practicar piano cuando solo tenía tres años.
Empecé con el acordeón a los siete.

4. Lee y Delgado asistieron a la primaria South.
Los Lee viven en esa zona. La mamá de Delgado
es maestra allí, por lo que pidió que lo transfirieran.
Los dos han sido amigos durante ocho años.
Eso me molesta a veces. Es algo tonto, ya sé.

5. Su madre quiere que sea médico,
su padre quiere que ayude a expandir
el negocio familiar cuando sea mayor,
pero Bobby Lee tiene bastantes dudas.
"¡Apenas sé lo que quiero hacer mañana!
Mucho menos de aquí a diez años".

6. Quiere a su hermanita, Jina, más que a nada.

7. A Bobby Lee le desperté un interés por las baladas
de la Época de Oro de la Música en México,
y ahora está obsesionado con Agustín Lara.

8. Habla español mejor que Handy.

9. El apellido de su familia
no era originalmente Lee.
Solo que así es como
se transcribe al inglés.
En coreano, es "i", un sonido corto
como la palabra "y". En Hangul,
el alfabeto coreano,
parece un cero y un uno:

0|

10. Lee es gay. Pero solo nos lo reveló
a las Morras y a nosotros tres,
después del segundo viaje al cine esta primavera.
A Samantha le gustaba, pero él no quería lastimarla
a ella o a mi relación con Joanna. Así que se arriesgó.
Salió del clóset. Lo queremos. Lo vamos a proteger.

Bobby Delgado

1. Su madre lo ha criado sola,
desde que su padre se fue un día
y nunca volvió.

2. Delgado lleva el pelo muy corto.
Dice: "Me da flojera cuidarlo".

3. Es el más chistoso del grupo.

4. Delgado es agnóstico, no logra creer,
aunque tiene un gran respeto por la santería
que practica su madre.

5. Delgado es hijo único,
y nuestra dinámica familiar
le parece fascinante pero tonta.

6. Sus padres se mudaron a Texas
de la República Dominicana
antes de que naciera. Tiene docenas
de primos que nunca ha conocido.

7. Delgado es orgulloso hasta la exageración.

8. Es un artista increíble.
Todos los cuadros de su casa
son suyos, colgados por su madre.

9. Le encanta leer en español.

10. Lee es mucho más guapo que él,
pero las chavas más listas de la secundaria
se enamoran de Delgado.
Tiene no-sé-qué,
magnetismo
de nerd.

Bobby Handy

1. Adora a su madre. Un chorro.
Algunos le dicen niño de mami.
Pero la Sra. Handy es inteligente y genial.
¿Quién no querría ser su amigo?

2. El padre de Handy es oficial del ejército.
A menudo se va durante meses.
Sin embargo, cuando regresa, le trae
a su único hijo varón un montón de regalos.

3. Handy preferiría simplemente pasar tiempo con su
papá.

4. Handy tiene cuatro hermanas.
Dos están casadas.
Las otras están en la prepa.

5. Los Handy son parte de un clan,
con parientes repartidos por el condado.
Todos asisten a la misma iglesia
en el pueblo vecino. Son mormones.

6. El clan Handy es mexicoamericano.
Su apellido proviene de un hombre blanco
que se quedó acá después de la Guerra Civil
y se casó con la hija de un ranchero,
volviéndose parte de nuestra comunidad.

7. Handy y yo somos amigos
desde kínder. Lo entiendo mejor
que a la mayoría de mis primos.

8. No sabe que yo lo sé,
pero está enamorado
de la prima de Joanna,
Dalilah.

9. Handy quiere ser psicólogo.
Le gusta ayudar a sus amigos

con nuestros problemas.
Da muy buenos consejos.

10. Handy no sabe seguir el ritmo.

CEREMONIA DE PREMIOS

Los maestros nos llevan en fila al gimnasio,
a las sillas alineadas por todo el espacio.
Nos saludan a voces las familias y amigos
parados en las gradas como si fuera un partido.

La banda entra tocando, haciendo barullo,
la canción de lucha, para darnos orgullo.
Luego las porristas se ponen a bailar
a un ritmo hip-hop que nos hace gritar.

Habla un miembro de la mesa directiva,
"Gracias padres. Con su ayuda efectiva,
hemos logrado los objetivos académicos".
Al final ya es hora de repartir esos premios.

Un solo salón de clases a la vez,
hay que ponernos de pie y una línea hacer.
El director uno por uno los nombres menciona,
anunciando el premio de cada persona.

A cada chavo con un listón al menos se le premia
por sus "grandes esfuerzos dentro de la academia".
Están escritos sus nombres en la parte de atrás,
si solo sacas listón, qué dolor sentirás.
Joanna se sube a recibir cual sol
una medalla reluciente por jugar futbol,
un certificado de educación física,
y aplausos de toda su linda familia.

Entonces el director levanta un trofeo,
oro brillante que marca el apogeo.

"¡En el examen de matemáticas, nota perfecta!".
"Pues, no me impresiona", alguien comenta.

Detrás de mí, unas chavas de clase media,
de su clase de álgebra, musitan de envidia,
como si su éxito a sus vidas y sueños estampa.
"La naca probablemente hizo trampa".

Delgado me susurra: "Tranquilo, carnal,
la habilidad de Joanna es excepcional.
Cuando llegue a ser ingeniera famosa,
a ver quién se atreve a decirle tramposa".

Handy es la estrella de su grupito:
¡Puros diez que le ganan un grito!
Asistencia perfecta, y lo que es más:
medallas del estado por sus notas altas.

Bobby Lee también, y reconocimiento musical
más una placa por competir a nivel estatal.
En la biblioteca, Delgado es un millonario lector,
mejor obra de arte, en coro primer tenor.

Aunque he faltado unos días,
Recibo casi todo lo demás.
Mis parientes me gritan solidarios
y cruzo bailando el escenario.

De regreso a mi silla, comienzo a soñar:
graduado con mi toga de la universidad,
mi diploma de licenciado voy a levantar
mientras mis padres lloran de felicidad.

Veo a Joanna, esperando unos segundos
para que nos tomen unas fotos juntos:
Su birrete estará medio torcido,
hoyuelos tan lindos como siempre han sido.

"¿Ves las caras de los chavos
con solo el listón en las manos?",
pregunta Delgado. "Nadie aplaude.
Se ven tan tristes. Es todo un fraude".

Su voz me devuelve al tiempo presente,
y noto la fanfarria, la música, el ambiente.
Para los adultos la escuela es guerra o deporte:
ganadores y perdedores, instalados en fuertes.

Pero, ¿la mera verdad? No quiero competir
por el conocer, qué comer, dónde dormir.
Un mejor camino tiene que haber.
Aprender y vivir no debería doler.

EL TORNADO Y MI RECÁMARA

Mis padres están en la escuela de mi hermano
la próxima vez que Joanna visita.
"Dejen la puerta *abierta*", grita Teresa.

"Lo siento", le digo a Joanna, haciendo una mueca.
"Ella es como mi segunda madre.
Como tú con los cuates".

Joanna asiente, echando un vistazo
al suelo y las paredes de mi recámara.
"Eres *muy* ordenado, ¿eh?".

Luego se va acercando
a los cartelones sobre mi escritorio.
Selena y Veronique Medrano.

"Ah", dice como si descubriera
algún profundo y oscuro secreto mío.
"Así que estos son tus *celebrity crushes*".

"Más bien mis... ¿ídolos? Me encantan
sus voces, su música, su forma de bailar...".
"¿Sus caras? ¿Sus cuerpos?", añade Joanna.

Necesito distraerla, rápido.
"La única para quien tengo ojos", digo,
acercándome a ella, "eres tú".

La voz de Teresa resuena desde
el fondo del pasillo. "¡Puedo literalmente
escuchar cada palabra que digan!".

Con un suspiro, me siento en la cama.
"Y yo que pensé que este cuarto
era el lugar más seguro del pueblo".

Joanna se agacha frente a mí.
"¿En serio? ¿Cómo?
¿De qué te salvó?".

"¿Recuerdas el huracán de
hace seis años? El tornado pasó
cerca de esta ventana. Sin daños".

La sonrisa de Joanna se disuelve.
Se para y se voltea,
dándome la espalda.

"Oh, lo recuerdo", responde
después de una larga pausa.
El dolor se arremolina en su voz.

"Pero no nos pasó de largo.
Pasó justo *sobre* nosotros,
casi destruyendo todo.

"En ese entonces, mi familia
vivía en un tejabán tambaleante.
Por poco no sobrevivimos.

"Apá amarró mecates gruesos
a las cuatro esquinas interiores
para sujetar nuestro hogar.

"Pero mi amá estaba encinta
con los cuates, la barriga bien grande.
Así es que éramos mi apá y yo.

"Luchamos con el tornado
que intentaba llevarse la casa
durante unos quince minutos.

"Me levantó como a Dorothy,
pero no me esperaba
ningún Oz, Güero.

"Así que metí los pies
en bloques de cemento
y a gritos le recé a San José.

"Luego de repente el viento se calmó.
Parecía imposible, pero habíamos ganado.
Mamá entró en trabajo de parto esa noche".

Me duele saber que haya sufrido así.
Pero, ¿qué puede hacer mi privilegio
seis años después? ¿Qué puedo decir?

Solo me levanto y la abrazo.
Teresa se asoma a la puerta
pero nos permite ese momento.

¿QUÉ ONDA COREANA?

En esta secundaria,
la cultura surcoreana
es superpopular ahora,
sobre todo con las chavas.

Hay decenas de fans del K-pop,
miembros del "ARMY",
celebrando su *bias*
(su cantante favorito).

Ven muchos K-dramas,
leen webtoons, y van
de compras al mercado
asiático del pueblo vecino.

Algunas se obsesionan
con mi amigo Bobby Lee,
llamándolo "oppa"
(él pone los ojos en blanco).

Algunas hasta afirman
que saben más que él
sobre la cultura y cocina
de Corea del Sur.

"Tal vez sí", dice,
encogiéndose de hombros.
"Soy coreanoamericano.
Es un poco diferente".

Batalla para hablar coreano,
pero no le mortifica.
Y las tradiciones de su familia
no son las mismas que en la patria.

La obsesión no es respeto,
me he dado cuenta.
A algunos los atraen cosas
que solo quieren poseer.

Horrorizado, me pregunto si
soy uno de esos idiotas.
Me disculpo por si acaso
alguna vez me he pasado.

"¿Sabes cómo siempre me preguntas
sobre ondas coreanas?
Eso muestra, ya sabes, respeto.
No actúas como si lo supieras todo".

Saca su teléfono, abre un playlist:
música tecno mexicana.
Luego comemos tacos de bistec
ahogados en gochujang.

¡CALÓ HANMEGSIKANO!

Delgado y Handy suspiran y gimen
cuando Lee y yo comenzamos
con nuestros chistes favoritos,
mezclas de español mexicano
y palabras coreanas.

Nuestro favorito es *kórale*,
una mezcla de *kol* en coreano
(está bien, genial) con su
sinónimo mexicano
órale.

También nos gusta decir
aishiwawa,
del coreano *aish* (caray)
y la frase mexicana
ay chihuahua.

El favorito de Bobby Lee es
heolmanches,
una mezcla de *heol* en coreano
(caramba, qué diablos)
y *no manches* en español mexicano.

Cuando se juntan nuestras familias
me gusta cotorrear
a Arturo y Jina,
que están en segundo grado
en la misma primaria.

Cuando lo hago, grito: "¡Lero merong!".
Es una mezcla de la burla coreana *merong*
y la burla mexicana *lero, lero*.
Saco la lengua para maximizar
ese "nanny-nanny-boo-boo".

¡Mi maestra de inglés, la Sra. Wong,
piensa que las mezclas son una delicia!
Las llama "Hanmegsiko Sogeo",
jerga coreana-mexicana. El nombre perfecto.
Un símbolo de nuestra amistad.

EL CLIMA CON JOANNA

tanka

Se funde el asfalto,
el sol destiñe todo
y empiezo a caer.
Mi cachete en su hombro,
camachito asoleado.

Yendo a la escuela,
nubes negras se apilan.
¡Mi rompevientos!
A una cuadra, el diluvio,
¡la tapo y corremos!

"Que llegue invierno",
dice ella de repente.
"¡Odias el frío!".
"Sí, pero es una excusa
para acurrucarnos juntos".

SE ACABA HOY LA ESCUELA

un triolet

El verano está por comenzar.
¡Se acaba hoy la escuela!
Tantos anuarios que firmar,
¡el verano está por comenzar!
Si es triste vernos separar,
el futuro nos consuela.
El verano está por comenzar,
¡se acaba hoy la escuela!

EL DIARIO

La Sra. Wong me regala un diario,
pasta de cuero, mi nombre inscrito.
"Eres un poeta, hijo mío", me dice,
ojos llenos de cariño infinito.

"Aunque vayas de subida o en declive,
tan seguido como puedas: solo escribe".

LA PROMESA DE SNAKE

"Casas", sisea una voz.
mientras cierro mi locker
por última vez.
Solo una persona
me llama por mi apellido.

Narciso "Snake" Barrera.

Me volteo para enfrentar
al bully que me ha evitado
desde que Joanna lo aplastó.

"¿Qué quieres, Barrera?
No voy a firmar tu anuario".

Asiente con admiración. "Estuvo buena.
Para un nerdcillo bolillo. El verano.
No quiero que lo disfrutes para nada.
Así que te hago una promesa, Casas.
De repente nos vamos a vengar".

Suspiro, rascándome la cabeza.
"¿Vengarse de *qué*, Narciso?
¿Ser humillado? ¿En serio?".

"Si fuera todo lo que hizo tu familia,
nomás me alejaría de ti, carnal.
Pero mi papá ayudó al tuyo
a delatar hace años
a Jones Construction.

Mostró su lealtad.
Pero tu papá lo corrió".

"¡Porque era un ladrón!", grito.
"Robaba a Casas Homes
para pagar sus deudas de juego.
No fue deslealtad correrlo.
Fue justicia, Narciso".

Snake Barrera escupe a mis pies.
"Di lo que quieras, Casas.
Pero que la duda se enrosque
en el fondo de ese cerebro tuyo.
En cualquier momento,
esta serpiente
va a morder
donde duele".

MI PUEBLO EN JUNIO

un han-kasen renga

Mi barrio bulle
vivo con alboroto.
Comienza el verano.

La vecina chismosa
mira por la ventana.

Solo la ignoro
y meto una hielera
en nuestro Bronco.

No sé cómo mi hermano
puede dormir con el caos.

Viene el raspero,
repartiendo delicias
por todo el barrio.

Comadres con escobas
charlan en la banqueta.

Ahí está la Rubia,
rumbo a la tienda con un
séquito de hombres.

Don Mario mira al Maistro,
quien enjarra su casa.

Doña Petra se arrodilla
entre flores azules,
cual mariposa.

Los viejos nostálgicos
ya juegan al dominó.

Cierran la calle
para vivir los sueños
de futbolistas.

Sacerdotes sonrientes
visitan a las viudas.

Mamá grita que
mi hermano lento y yo
almorcemos ya.

Bajo mezquites altos,
Sara te lee la palma.

Sr. Cruz, "el Sir",
dormirá hasta tarde,
por fin sin alumnos.

Potentes podadoras
preparan la placita.

En el Bronco fiel
mi familia se sube,
el mar nos llama.

Y el esplendor del sol
mostrará el camino.

CARNE ASADA EN LA PLAYA

Cuando llegamos a la playa,
el tío Mike ya está
con la tía Vero y mis primos
Timoteo, Silvia y Magy.
Han reservado un gran lugar
a la sombra del pabellón
con el asador más grande
y una vista perfecta del mar.

Tim y yo bajamos las cosas,
mientras Teresa se lleva a Arturo
y los otros primos al agua
y nuestras mamás extienden manteles
para empezar a preparar la comida.

Al principio, el humo
de mezquite llameante
aleja a las gaviotas,
pero son pacientes
y persistentes.
Puedo verlas
esperando en
las orillas.

Cuando la carne está en la parrilla,
Tim quiere ir a jugar con las olas.
Estoy muy pálido para arriesgarme
sin untarme protector solar,
SPF 50, un escudo contra los rayos.

Teresa y Silvia
han medio enterrado
a Arturo y Magy
en la arena. Me río.

Luego Tim y yo entramos
a zancadas en el mar,
desafiando el oleaje, saltando
para evitar el escozor del salitre,
decididos a llegar al banco de arena
a diez metros de la playa.

Pero las olas son muy altas,
vienen muy rápido, muy seguidas,
cerrando filas contra nosotros los invasores.
Así que finalmente nos retiramos.

Los huercos se han desenterrado,
y un castillo inestable se alza
de sus tumbas frescas.
Nos desplomamos al lado
de los demás para ayudar
a estabilizarlo, ensanchando la base.
Pronto se eleva más alto, glorioso,
incrustado de conchas,
rodeado por un foso.

"Suficiente sol para mí",
anuncio, corriendo sobre
arena caliente para enjuagarme
bajo la regadera al pie
de la rampa de madera picada
que lleva al pabellón.

Me seco justo a tiempo
para ayudar con lo último,
luego mi tía Vero baja
para llamar a los niños
¡porque ya hace hambre!

En una bandeja de aluminio
está amontonada la comida:
fajitas, costillas cargadas,
salchichas y alitas de pollo
(más una coliflor asada
y nopales para Teresa,
quien jura ser vegetariana).

"Que cada quien se sirva",
dice mi mamá, y agarramos
platos de papel, echando cucharadas
de frijoles y ensalada de patata y guacamole
para acompañar nuestras carnes favoritas
y vegetales. El pan y las tortillas son
opcionales...

    ...para todo el mundo
excepto para esas gaviotas sigilosas,
que se acercan cada vez más,
listas para exigir su parte justa
a cambio de nuestra presencia
en su territorio.

ZANATES EN EL ZACATE

Rubaiyat

La lluvia cayó y salió el sol.
Por una semana la hierba creció.
Ya es domingo, y el verde jardín
espera ponerse bajo control.

Papá me despierta al amanecer.
Unos taquitos, luego el quehacer.
Saco la máquina, jalo el cable
y la empujo hasta prevalecer.

Muchos zanates, ruido alado,
descienden al zacate cortado.
Parece plaga esta gran parvada,
comiendo semillas, amontonados.

Buscan insectos, picos cual palas.
Sentado, observo las aves raras
que se levantan cual niebla sucia
y en el cielo azul abren sus alas.

Pero unos gritos extraños creo oír,
cual ecos de la máquina y su zumbido,
y percibo un "gracias" en ese gemido,
como si les ayudara a existir.

LA DECLARACIÓN DE TERESA

Un día, después de misa,
estamos comiendo
en casa del abuelo Manuel
y planeando la fiesta
del cuatro de julio,
cuando Teresa declara:
"No asistiré a
ninguna celebración
de ningún día festivo
nacional hasta que
Latinx people
enjoy our full rights,
representation,
and real equity
en este país llamado
no América
sino los Estados Unidos
simplemente,
porque América
es el continente".

Y, no hace falta decir,
a los adultos no les agrada
esta fase "radical, rebelde,
y *woke*" de Teresa.

Espero que no descarten
los fuegos artificiales,
y no me refiero
al enfrentamiento épico
que está por empezar

entre Teresa
y el abuelo Manuel.

Pero me sorprende descubrir
que él respeta su elección.
"La tierra de la libertad",
dice solemnemente.
"No te obligaré, chamaca.
Pero tengo una pregunta:
¿qué onda con la equis?".

¿QUÉ ONDA CON LA EQUIS?

una conversación intergeneracional

Abuelo Manuel:
No soy latinx.
soy tejano, chicano,
o mexicano.

Teresa:
Claro. Ya lo sé.
Pero dices *hispanos*.
Latinos también.

Abuelo Manuel:
Pos, eso somos,
junto con cubanos
y otras gentes.

Teresa:
¿Recuerdas que
hombre era todo humano,
también mujeres?

Abuelo Manuel:
Sí. Estaba bien mal.
"Todo hombre es creado".
Caray. Buen cambio.

Teresa:
¿Por qué *latinos*
para hombres y mujeres?
Mismo problema.

Abuelo Manuel:
Así es el español,
pero, pos, qué mala excusa.
El inglés sí cambió.

Teresa:
Exacto. Por eso
intentan cambiar la vocal
y arreglar todo.

Abuelo Manuel:
Pero, ¿qué onda
con la equis? No es vocal.
Y se ve raro.

Teresa:
La gente latina queer
eligió la equis como
algo no binario.

Abuelo Manuel:
¿Los que no encajan
como niño o niña?
Tienen un punto.

Teresa:
Sí. Resolvemos
dos problemas al cambiar
un poco el hablar.

Abuelo Manuel:
Bien por los Estados Unidos,
pero ¿qué pasa con México

y otros países?

Teresa:
Emplean la e.
Dicen *latines* en casi
todo lugar.

Abuelo Manuel:
Ah, me gusta más.
¿Te importa si lo uso?
Sigo tu andar.

Teresa:
¡Órale, abuelo!
Gracias por hablar de esto.
Me gustó mucho.

JUNTOS CON CONJUNTO

Un empleado de papá nos da
una enorme caja de mangos,
demasiados para que los comamos.
Mamá me sugiere que llevemos
unos cuantos a los Padilla.

No he visto a Joanna en casi
una semana, así que digo que sí,
emocionado. Tomamos la calle
principal, damos vuelta en su barrio,
con sus decenas de casas de bloques
en diferentes etapas de construcción.

La de los Padilla es chiquita
pero acogedora, de colores vivos.
Hay unos seis carros estacionados.
debajo o al lado de un techo grande,
donde trabaja el padre de Joanna,
haciendo su magia mecánica.

Nos bajamos del carro y caminamos
hacia la puerta, pero entreoigo fragmentos
de una vieja canción conocida.
"Mamá, adelántate tú.
Ahorita te alcanzo, ¿sí?".
Al verme mirando hacia los autos,
asiente. "Saluda a Don Adán de mi parte".

Sigo la melodía, pisando
el caliche extendido sobre el suelo
como un camino blanco real

en alguna leyenda maya.
El acordeón, el bajo y la guitarra
(sin tambores, del modo original)
me guían a una vieja camioneta.
El señor Padilla está bajando el cofre.

"Esa es 'Dime Ingrata', ¿no?",
pregunto. "¿De Los Alegres de Terán?".
Me entrecierra los ojos. "¿Cómo lo sabes?
Es de los tiempos de mi padre,
Güero. Esta camioneta tiene
un *eight-track*, y ese es el cartucho
que el dueño dejó puesto".

"Vaya. Mi bisabuela Luisa
tiene *todos* sus primeros discos de vinilo.
Ella es más fan de la balada y la ranchera,
pero le encanta este tipo de conjuntos:
música norteña y tejana de la vieja escuela.
Llevo años escuchándola con ella.
Estos señores, Los Gorriones del Topo Chico,
Ramón Ayala, ¡y hasta Los Donneños!".

El Sr. Padilla me mira, sus ojos brillando
con algo nuevo. ¿Quizás respeto?
"No sabía que te gustaba la buena música.
¿Qué tal el norteño de los ochenta y noventa?".

Media hora después, Joanna nos encuentra,
arrimados felices a un banco de trabajo,
checando todos los casetes de Don Adán,
buscando nuestras canciones favoritas.

"¿Y esto?", nos pregunta. "¿Desde cuando
son ustedes dos tan buenos amigos?".
El Sr. Padilla suelta una carcajada ronca.
"Es el poder del conjunto, mija.
Une a la gente".

EL VIOLÍN Y EL ACORDEÓN

un sijo

Nuestros estilos deben encajar,
   o no hay banda.
Levanto mi acordeón, Lee su arco,
   mirándome.
Sin marcar el compás, tocamos.
   Perfecta sincronización.

EN BUSCA DEL RITMO DE HANDY

Bobby Handy no tiene ritmo,
un total inútil hasta para batir manos.
Si lo ves bailar, te espantarás:
se mueve fuera de compás y superlento.

Sin embargo, hace falta un baterista.
así que soy el pobre diablo a quien le toca
enseñar a este torpe chavo
a sentir el fluir del ritmo.

Comienzo con lo básico: rock
and roll de los años cincuenta,
que tiene un tiempo fuerte
que cualquiera debería sentir.

Pero Handy, no.
Sus palmadas
siguen sonando
entre las notas.

Así que trato de inspirarlo a escuchar
otros ritmos en electrodomésticos.
Sentado arriba de una secadora,
apoyando la oreja contra el lavaplatos.
Por supuesto que eso no funciona,
así que salimos a escuchar la naturaleza.
Cigarras zumbantes y río ajetreado,
aleteo de alas y goteo de rocío.

Desesperado, recuerdo el bombeo inicial
que cada uno escucha dentro de la matriz.

Voy donde los Handy, esperando el rechazo
pero decidido a intentar cada posibilidad.

"Sra. Handy", digo, "usted ama a su hijo.
Y él también la ama, aunque ha olvidado algo.
Cómo late el corazón de usted. Su tirar y aflojar.
Haga que lo escuche de nuevo. Precisa ese ritmo".

Durante una semana, pasan todas las tardes
viendo la tele en el sofá. Ella le pide tomarle
la mano, apoyar la cabeza justo en su pecho,
marcando el pulso que lo trajo al mundo.

Luego un día asiste a la práctica,
se sienta a la batería, levanta los palos,
un milagro, comienza a golpear el tambor
en tiempo perfecto, un ruido sordo
cual sangre que corre por nuestras venas.

LUCHA CON LOS PADILLA

Cada domingo sin fallar,
para los Padilla el santo grial:
ver en la tele lucha libre,
¡con snacks picosos increíbles!

Aunque, la neta, no es mi onda,
decido unirme a ver unas rondas.
¡La Momia Karloff juega sucio
contra el valiente Dandy Júnior!

Padre e hija lo animan a gritos,
criticando hasta errores chiquitos.
Cada trampa es falta, no es éxito.
¡Lloran el dolor de su técnico!

Luego Dandy toma la delantera,
logra evitar las vendas y la arena,
vuela por el aire con asombrosa destreza,
lucha con el rudo hasta que quieto se queda.

Hasta yo me tengo que parar y aplaudir,
¡el Dandy Júnior es un dios del ring!
La Fregona se emociona, ya no es espectadora,
sujeta mi cabeza con un candado de luchadora!

Cuando recupero el aliento (y no respingo),
me invita a que venga el otro domingo.
Todo el verano, debe llevar las cuentas
y ayudar a su papá con sus herramientas.

Para ver a mi nena y seguir el cortejo,
¡tendré que venir a jugarme el pellejo!

UN MIXTAPE PARA DON ADÁN

Después de varias tardes largas
con mi bisabuela Luisa,
aprendiendo a usar tecnología vieja
y eligiendo las canciones perfectas,
camino a lo de los Padilla.

Aunque sea Día del Padre,
Don Adán está encorvado sobre
el motor de alguna camioneta,
estudiando sus entrañas
como un maestro cirujano.

"Feliz día", digo a modo de saludo.
"Le traje algo. Espero que le guste".
Pongo el casete en sus manos,
curtidas y manchadas de grasa,
como las de los hombres de mi familia:
manos buenas, honestas y confiables.

"¿Un *mixtape*? ¿De la colección de Luisa?".
Sonrío. "Sí. Con algunas pistas nuevas,
mis favoritas de Veronique, La Fiebre,
y otros grandes artistas. A ver si le atiné".

Limpiándose las palmas, Don Adán
saca el casete y lo introduce
en su estéreo portátil. Surgen
dulces melodías y ritmos de vals.

"Eres un buen chamaco", me dice
después de escuchar un momento.

"Qué bueno que Joanna te haiga elegido.
Tiene los sesos de su amá".

Se sienta en un taburete. "¿Tienes tiempo?
Te voy a contar la historia de Bertha y yo.
Cuando apenas tenía diecisiete años,
crucé la frontera con mi primo
pa' conseguir chamba como mecánico.
El dueño me dio cuarto y comida,
me trataba bien, pero luego tuvo
que mudarse. El problema era
que me había enamorado de una niña.
Bertha Benavides. Fuera de mi alcance,
decían. Muy lista, demasiado bonita".

Me aclaro la garganta. "Pero usted le gustaba,
¿no? Ella me dijo que era usted amable,
educado, respetuoso. Y trabajador".

"Pues, sí. Y eso compensa lo feo,
créeme. Las mujeres merecen ser tratadas
bien, como nuestros iguales, nuestras amigas.
Así que me escogió a mí, Güero, y me quedé,
conseguí un terreno, construí un tejabán
y empecé a arreglar automóviles
bajo la sombra de ese mezquite.
Nos casamos, comenzamos una vida".

Dudando si es apropiado el comentario,
agrego: "Y tuvieron una hija hermosa".

"Así es. Aunque casi no logro
verla nacer. Ese policía chueco
Fernando Jones me paró

y me amenazó. Me bajó una feria
y me soltó sin más".

Asintiendo, trato de consolarlo.
"Sí, pero mi papá lo delató.
El Sr. Jones se fue a la cárcel por años".

"Ya. Porque lo que siembras, cosechas.
Lo liberaron, pero está arruinado.
Por eso es mejor vivir tranquilo.
Nunca pisotear a los demás.
Y eso es lo que quiero para Joanna,
¿me explico? Tenlo en cuenta, chamaco.
Te eligió. Sé digno de ella, ¿sí?".

CÓMO DELGADO OBTUVO SU VOZ

sextetos

Rezó Ruth Delgado mientras paría
que su hijo fuera un canal del aché
que une el cosmos: la fuerza divina.
El bebé abrió la boca a todo extender,
aunque fuerte y claro, el sonido que salió
era música suave para todo quien oyó.

El don de mi orisha, la madre se dijo,
dispuesta a enseñarle a cantar y adorar.
Pronto mostró Roberto, su hijo,
una linda voz que pudo a los santos acercar.
Mas su padre lo dejó sin una explicación,
y Delgado decidió callar su vozarrón.

NUESTRO ÁRBOL

A lo largo del canal,
paralelo a la carretera,
un mezquital arroja
su sombra sobre las aguas
que me fueron prohibidas.

Joanna y yo hallamos
un alto roble encino,
que se eleva majestuoso.
"Nuestro árbol", digo al besarla.
El viento suspira, pero no llora.

LA LLORONA DEL CANAL

Hace años, al visitar a la abuela Mimi,
siempre querían los primos mayores
nadar en el sombreado canal
para vencer los eternos calores.

Los pingos nos pegaríamos como chicle,
aunque no supiéramos nadar,
así que Mimi, para disuadirnos,
una historia oscura nos quiso contar.

"Por aquí vivía una joven bonita, casada
con un hombre de dinero.
Su familia lo echó por ser pobre su mujer,
su suegro limosnero.

"El hombre se esforzó para mantener
a su esposa y tres hijos,
pero la belleza de su mujer se perdió,
y el trabajo duro maldijo.

"Así que abandonó a su esposa e hijos
(su madre lo abrazó)
y buscó una novia rica y hermosa,
un cura su pecado absolvió.

"La mujer que había dejado de rabia enloqueció
y a sus hijos se los llevó
al canal que queda cerca, donde se metió al agua,
y a los niños ahogó.

"Luego se mató también. Incluso el infierno
le cerró sus oscuras puertas.
Ahora vaga por ese canal, buscando
a tres niños que ya no recuerda.

"Si te encuentra cerca del agua,
creerá que tú eres suyo.
Te envolverá en su frío abrazo, y se hundirá
hasta el fondo sucio".

La estrategia funcionó: nos alejamos
de la maleza de esa zanja siniestra
todo el verano. Incluso de los más grandes
nunca se escuchó protesta.

Por años me inquietó ese cuento traumático.
No quería aprender a nadar
siquiera, hasta que mi padre me obligó.

Sin embargo, insistía en rechazar
las aguas de los canales.
Temía lo que me esperaba
bajo ese agitado burbujear.

HACER KIMBAP CON LA SRA. LEE

Un día después de la práctica,
camino con Bobby Lee
a su casa para comer.

Su mamá ha colocado
verduras coloridas en la barra,
picadas y listas.

Hay también carne bulgogi
con un olor dulce en un tazoncito,
junto a una olla de arroz sazonado.

"¿Quieren ayudarme a hacer kimbap?",
nos pregunta. Bobby se encoge de hombros,
pero yo me ofrezco superfeliz.

Ella nos da esterillas de bambú
y láminas de algas. Pongo mucha
atención mientras demuestra la técnica.

Una fina capa de arroz, verduras y carne
en la parte inferior, levantar esterilla
para cubrir, luego enrollar y enrollar.

Sus manos expertas se agitan
sobre las nuestras, corrigiendo la forma,
como mi mamá en el piano.

Son similares en muchos aspectos.
Su apellido no es Lee, como mi mamá
que se apellida Maldonado, no Casas.

En este país le dicen Hanna Lee,
pero la mamá de Bobby nació
Oh Ha-na en la ciudad de Suwon.

Hay algo que he querido preguntar
desde hace mucho tiempo,
y ahora me armo de valor.

"¿Cómo la llamaría a usted en coreano?
Perdón si es tonto o una falta de respeto,
pero sería un honor para mí intentarlo".

Sonriendo, se quita un guante,
y me alborota el pelo. "Ah,
Güero, eres amigo de mi hijo.

"Soy su mamá, su eomma,
así que puedes decirme Eomeoni".
Conozco la palabra: Madre.

Siento las lágrimas picar en mis ojos.
Agachando la cabeza, pregunto,
"¿Qué sigue, Eomeoni?".

FRACTURAS DURANTE LA PRÁCTICA

es raro cómo se puede
ser amigos por años

pero pon a todos
en un garaje con

un aire ruidoso que
no enfría muy bien

y cada desacuerdo
se vuelve enorme

ninguno se retracta y
todos quieren mandar

Handy está feliz con
country y alternativo

Delgado insiste en
reggaetón, rap, pop

Bobby Lee no tiene
opinión, el menso

y yo quiero que lo nuestro
solo sea electro-tejano

así que nos gritamos
y cada quien a casa

ME DESAHOGO CON JOANNA

yo:
Ni siquiera saben por qué
lo formé, Joanna.
Sus corazones no están en esto
como lo está el mío: me impulsa
la melodía que despiertas en mí.

ella:
Ah, qué lindo eres, pero
escúchalos de todos modos.
Las morras me han hecho cambiar
de opinión… Son buenos amigos
que se preocupan por ti, wero.

¿DE QUIÉN ES ESTE GRUPO?

*¿Soy yo el gacho por querer controlar
la dirección musical de mi grupo?*

Hace unos dos meses,
yo (13M) les sugerí
a mis amigos talentosos
que formáramos una banda.

Practicamos en mi casa
una vez a la semana.
Mi papá (40M) compró
el sistema de sonido.

Asumí la responsabilidad
de transformar a nuestro
amigo torpe (13M)
en un buen baterista.

Él usa una pequeña
batería que le pertenece
a mi hermana mayor (15F)
desde los ocho años.

Yo escribí la letra
de la primera canción,
ya que soy poeta.
La música también.

El pianista-violinista
(13M) hará casi todo

lo que yo quiera, pero
no el cantante (14M).

El baterista está del lado
del cantante. Qué mala onda.
Creo que deberían al menos
intentarlo a mi manera.

Pero me preocupa
que esto podría ser
mi error más grande,
que podría perderlos.

NOSOTROS CONTRA ELLOS

un sedōka

yo:
¿Confías en mí?
Mis instintos son buenos.
Haz que Delgado ceda.

Lee:
Así NO se hace.
Ambos son razonables:
vamos a discutirlo.

EL SR. PADILLA NOS DESPABILA

Joanna no aguanta más.
Se presenta en mi cochera,
acompañada de su padre,
justo cuando nos estamos
gritando.

Es un truco sucio.
Ella sabe lo mucho que
lo respeto, lo mucho que
quiero que me acepte.

Nos callamos
cuando entra.

"A ver si entiendo",
dice el Sr. Padilla.
"No están de acuerdo
en qué tipo de música
van a tocar. Y, Güero,
tú te quieres imponer,
¿verdad?".

Ni siquiera puedo contestar.
Solo agacho la cabeza.

"¿No son los muchachos
más listos de grado siete?
¿No ven el problema verdadero?
Piensen en su amistad.
Ustedes no la planearon.
Nomás sucedió.

Cada uno de ustedes
es muy distinto,
pero se hicieron
algo más. Una unidad.
Cuatro carnales".

Se acerca y nos jala hacia él
hasta que estamos parados
juntos.

"Dejen que pase lo mismo con la música.
Toquen lo que quieran y como quieran, juntos.
Antes de que se den cuenta, algo nuevo,
algo bueno, algo totalmente diferente
de lo que se ha hecho antes
saldrá de esas bocinas".

La solución es tan simple, tan perfecta.
Me aclaro la garganta y miro a mis amigos.

"Perdón, cuates. La regué gacho".
Delgado extiende la mano. "Yo también".
Nos abrazamos y nos reímos.

El Sr. Padilla sigue sin moverse,
mirándonos con esperanza.

"¿Y bien? ¿Van a tocar, o qué?
Joanna los ha estado presumiendo".

Levanto mi acordeón
y echo una mirada a Bobby Lee.
"Progresión de acordes simple,
clave de do. Compás de cuatro cuartos,

Handy. Delgado, la letra está
en el atril, pero siéntete libre
de improvisar todo lo que quieras".

Handy marca el compás,
y finalmente
esta banda
empieza a
tocar.

EL VERANO SE ESCURRE

un rondelet

El verano se escurre
practicando dos noches a la semana.
El verano se escurre
haciendo solo lo que se nos ocurre.
Bajo nuestro árbol me veré con Joanna,
cuando ella esté libre y nos dé la gana.
El verano se escurre.

PARTE II: OTOÑO

LO QUE LE PASA AL SR. PADILLA

El primer día de grado ocho.
Estoy esperando afuera
a que llegue Joanna.

Ahí viene su camioneta Ford.
Se detiene en la banqueta.
Joanna sale, sonriendo.

Su cabello ondea bonito
cuando gira para despedirse
del señor Padilla con la mano.

Él se aleja lentamente
mientras ella corre hacia mí,
una dulce escena de película.

Dos todoterrenos negros
le cortan de repente el paso:
agentes de ICE salen hormigueando.

Ya lo están sacando
para cuando ella me alcanza.
Su voz la hace girar y gritar,

"¡Apá!", pero ha desaparecido,
como si se lo hubiera tragado
algún monstruo aterrador.

Con torpeza nerviosa,
busca su pequeño celular.
"Ay, Dios mío, Güero, ayúdame".

Lo tomo de sus manos
temblorosas y llamo
a su madre. Se lo devuelvo.

"¡Lo agarraron, Amá!
Los de ICE". Su voz se quiebra
y suelta ásperos sollozos.

Ya los consejeros han empezado
a meter a los estudiantes.
Luego rodean a Joanna.

"Déjanos ayudarte, querida",
dice la Sra. Contreras.
Le aprieto las manos. "Ve con ellos.

"Llamaré a mis padres.
Conocen a mucha gente.
Ayudarán a tu mamá a resolver esto".

Las lágrimas caen por su rostro,
pero asiente con la cabeza y se va.

Me quedo viendo la camioneta vacía
y siento el corazón romperse.

Luego la ira me inunda,
y saco mi celular.

PIQUETE DE VÍBORA

Hay un caos en la cafetería
Todo el mundo se está friqueando.

Andrés Palomares se me acerca,
ojos bien abiertos y rojos.

"Préstame tu celular", pide jadeante.
"Necesito llamar a mi familia
para que no intenten venir
a recogerme después de clases".

Le paso mi teléfono y miro alrededor.
Docenas de chavos hacen lo mismo,
sus caras llenas de miedo al pensar
en sus seres queridos
o en sí mismos.

Esta rabia en mi corazón,
tengo el privilegio de sentirla
porque estoy a salvo de ICE.
Toda mi familia lo está.

Miro a mis amigos asustados,
abrumado por el deseo de blandir
mi coraje como un arma o un escudo.
¿Para qué fregados tengo privilegios
si no puedo proteger a los que quiero?

Los Bobbys me encuentran sentado
en una mesa, con los puños cerrados,
buscando un blanco.

"Güero, ya nos enteramos. ¿Está bien ella?".
Niego con la cabeza, preguntándome si
alguna vez volverá a estar bien, si
esta puede ser la prueba difícil que
finalmente destruya a los Padilla.

En ese momento, un chavo alto
de hombros muy anchos
se acerca pavoneando.
Es Narciso Barrera,
quarterback de futbol,
bully incorregible.

"Mi grupo favorito de nerds",
dice con una risa cruel.

"Carajo, Snake", responde Delgado,
mirando al imbécil de arriba abajo.
"¿Pasaste todo el verano inyectándote
esteroides o qué pedo?

"No todos somos mariposas flacuchas".
Nos mide con los ojos. "Aunque ustedes
crecieron un poco. Casi no reconozco
al Chino".

Lee hizo una mueca desdeñosa.
"Soy coreanoamericano, baboso".

"Sí, pero eso no funciona para mí.
Los apodos de ustedes tienen que encajar.
Como una clica, ¿saben? El Güero,
el Chino, el Pocho...".

Handy entrecierra los ojos.
"Oye, ¿qué chin...?".

"... y el Ne—".

Delgado le agarra la camiseta.
Es casi tan alto
como el bully.

"No creo que quieras
terminar esa frase, Snake.
Haré que me golpees,
y te suspenderán del equipo".

Snake levanta sus manos
en fingida rendición.

"No te me sulfures, dominicano,
si de por sí ya pareces el Chamuco".

De repente hay una perturbación
cerca de la dirección. Veo a Joanna
salir por la puerta. Sus primas
y amigas la están esperando,
y juntas caminan hacia nosotros.

Quitando las manos de Delgado
de su camiseta, Snake se voltea.

"Y aquí viene la Fregona
con las Morras. ¡Joanna!
¿Cómo sigues?
¿Verdad que la venganza es cabro—?".

Me paro de un salto.
"¡No puede ser!
¡Dime que no fuiste tú!".

La boca de Snake se ensancha
en una sonrisa reptiliana.
"Oh sí,
Casas.
Fui yo".

Se voltea hacia Joanna.
"Trece años de preparación,
morenita. A tu papá lo pararon.
Quiso sobornar a un policía. Pero Jones",
Snake comienza a carcajearse, "apuntó todo.
Una multa. Exceso de velocidad.
Eludir el arresto".

El remolino de emociones
en la cara de Joanna
me hace trizas el corazón,
trozos de ira ardiente.

"¡Hijo de la gran—!".
grito, lanzándome a Barrera.
Me agarra las muñecas fácilmente
y me mantiene a distancia.

"Son unos pinches cerebritos, ¿no?
¿Saben lo que pasa
cuando no pagan una multa?
Emiten una orden de arresto.
Si eres ilegal
y no te presentas,

esa orden se convierte
en una orden de deportación".

Snake me aleja de un empujón.
Joanna me agarra
antes de que me caiga.

Entonces el bully levanta tres dedos,
contando las palabras que escupe.
"Juego.
Set.
Partido".

INTENTO CONSOLAR A JOANNA

Espero trancazos u otra locura,
pero Joanna solo llora y murmura:
"Yo te protejo, él se venga
y todos querrán que ya me abstenga".
Antes de que todo empeore, actúo,
a Joanna en un rincón sitúo.
No sé pelear, y no es mi lugar
Solo quiero a mi novia salvaguardar.
Ella se hunde en mi firme abrazo.
"Te tengo. Olvídate de ese payaso",
susurro suavemente en su oído.
"Por años tu papá aquí ha vivido.
Estoy seguro de que hay alguna salida".
Se despega de mí, su mirada perdida.
"Ojalá y sí, pero me cuesta creerlo.
El odio ha calado en este pueblo,
en nuestra gente, que ahora son rehenes
de mentiras infecciosas, buscando a quienes
culpar de todos sus problemas".
Tiene razón. Son grandes dilemas.
Todo el país se está fracturando.
"¿Y tu mamá? ¿Cómo está manejando
el arresto? ¿Mi papá la llamó?
Joanna asiente. "Tu amá se ofreció
para cuidar a los niños. Pero me voy a casa
pronto. Me muero si algo les pasa".

LA ASAMBLEA

Las Morras,
los Bobbys, y yo
estamos acompañando
a Joanna a clase,
cuando suena el intercom.

"Maestros de homeroom,
favor de acompañar
a sus estudiantes al gimnasio
para una asamblea importante".

Los nueve nos damos la vuelta,
sin esperar a los maestros,
y nos presentamos primero.

Los consejeros nos guían
a las gradas, y luego
todos los demás llegan,
zumbando de nervios,
miedo, confusión.

El superintendente
y el director hablan,
tratando de asegurarnos
que el distrito escolar
nos mantendrá a salvo,
que no hay nada de
qué preocuparse.

Joanna sorbe el aire,
tratando de no llorar,

sacudiendo la cabeza.
Tomo su mano,
me aprieta fuerte.

Cuando los consejeros
nos dan información sobre
a quién contactar
con cuestiones legales,
hay movimiento en la entrada.

La Sra. Benavides hace un gesto,
y Joanna me suelta, parándose
sin pronunciar una palabra.
El gimnasio se queda en silencio,
viendo cómo se baja y se va.

NOS TEXTEAMOS ESA NOCHE

ella:
Lo voy a matar,
sí fue su plan: el padre
de Snake y el poli
chueco que paró a mi apá
tienen cuates en la migra

yo:
Y tienen broncas
con mi papá, pero esto
daña más a ustedes.
Hay que salvar a Don Adán.
Snake es un caso perdido.

ella:
Fácil para ti decirlo
pero no mandas en mí

yo:
Me pasé. Perdón.
No quise imponer mis

ella:
Mari está llorando,
tengo que colgar

LA SUSPENSIÓN

Al día siguiente, Joanna se queda en casa.
Apenas puedo enfocarme en las clases.
Me duele el corazón; mi estómago se revuelve.
Ninguno de los profesores impresiona,
especialmente con toda la rutina aburrida
de inicio del año escolar. Hiervo de emociones.
Después de comer, recibo un texto de Joanna.

mi papá estaba a punto de subirse
en un camión para México cuando
el sr paz —el papá de lupe es abogado—
consiguió que un juez detuviera todo:
suspensión de la deportación, se llama

ahora lo mandan al centro regional
de detención: podremos llamarle
todos los días y visitarlo dos veces
por semana hasta que sea procesado

DE VUELTA EN EL CAMPUS

Para el jueves, Joanna está de vuelta.
Sus ojos están hinchados y rojos
por todas las lágrimas que derrama
              sola
donde nadie pueda verla.

"Lo visitamos ayer",
nos dice durante la hora de comer.
Su mandíbula se aprieta tanto
que puedo escuchar cómo rechinan
sus muelas.

"Es como una cárcel.
uniformes, guardias,
rejas, cadenas. Pero papá
no es ningún criminal.
Simplemente no tiene papeles,
como centenares de personas
en este pueblo. ¿Arrestarlos?
¿Por qué? ¿A quién lastiman?
No pueden quitarnos nada
ni recibir ayuda del gobierno.
¡Todo lo que hacen es contribuir!".

Todos creemos que no es justo.
Pero ¿qué podemos hacer?
Estamos en la secundaria.
No hacemos las leyes.
Nadie nos escuchará.
¿Verdad que no?

UNIDAD DE POESÍA

un soneto o algo así

La Sra. LaPrade es la maestra de inglés:
una mujer mayor, estricta y seria.
Tiene una maestría, estudió en Londres,
y camina por el aula toda regia.

"Primero el verso, sus alusiones y signos",
pronuncia con diabólico gesto.
"¿Quién de ustedes puede definirnos
la poesía sin consultar el texto?".

"La lente más clara para ver el mundo,
rica pero apta para todos".
Se me queda viendo y suspira profundo.
"Ah, señor Casas, ya basta de bromas.

"La poesía es oscura y compleja.
Sin años de estudio, te perpleja".

YO NO SOY EL SR. CASAS

cuarteto heroico

Dice que quiere mostrar respeto, pero
dudo que ese título jamás me cuadre.
Como todo el mundo, solo dígame Güero.
Yo no soy el Sr. Casas; ese es mi padre.

NO ES CASTELLANO

No sé qué onda
con los adultos este año,
pero nuestro profesor de español,
el Sr. Ramos,
es igual de arrogante
e irritante
que la Sra. LaPrade.

Él nos hace
describir a
nuestras familias
en español
para determinar
qué tan bien
hablamos.

Cuando es el turno de Handy,
primero tartamudea, luego dice:
"Mi llamo Roberto Handy.
Orita yo y mis four sisters
y mis papases estamos viviendo
anca la güelita
pa' que los roofers
tengan chance de hacer repair
el roof de nuestra casa".

"No sé qué idioma habrás usado", dice
el Sr. Ramos con una mueca de superioridad,
"pero no es castellano".

Levanto mi mano,
harto del sarcasmo
y abuso.

"A ver, joven, ¿tienes una pregunta?".

"No, profesor. Una explicación.
Lo que hablamos aquí
no es castellano.
Es español mexicano.
Y mi compañero emplea
el dialecto fronterizo
que todos los presentes
entendemos sin problemas.
Usted también, me imagino".

Con la cara enrojecida,
el Sr. Ramos regresa a su escritorio.
y saca un formulario.

"Un informe de conducta",
alguien susurra. Hay una ola
de murmullos.

"No manches. ¿A Güero lo mandan
a la dirección? ¡Chingüetas!".

Me duelen las palmas
mientras lo veo garabatear
furiosamente por toda la hoja.

Contradecir a la autoridad
tiene un precio alto.

EN LA DIRECCIÓN

pareados alejandrinos, más o menos

Sr. Almaguer:
Toma asiento, Güero. Contigo quiero hablar.
Sé que estás enojado por lo de Don Adán,
pero tus profesores se preocupan por ti,
por tu nueva actitud. Cualquier cosa, solo di...

yo:
Es más que eso, señor. A la vista me resaltan
las "cosas de adultos" que ustedes me ocultan.
Lo que se pudre detrás de la máscara del pueblo
me rompe el corazón. No puedo aguantarlo.

Sr. Almaguer:
Estás madurando. Nadie es perfecto, hijo.
También me dolió cuando el encanto se deshizo.

yo:
Está bien, de acuerdo. Pero hay que esperar
más de nuestros maestros. Nos deben respetar.

Sr. Almaguer:
Pide perdón primero,
luego se lo reitero.

¿CUÁL ES TU VERDADERO NOMBRE?

Rebeca Mijangos,
chava de séptimo grado
y líder de las fans chicanas
del K-pop en nuestra escuela,
nos pesca a Bobby Lee y a mí
en la biblioteca una mañana.

Se sienta en nuestra mesa,
se le queda viendo y le pregunta:
"Oppa, ¿cuál es tu verdadero nombre?".
Con un profundo suspiro, responde:
"Robert Lee. Es lo que está impreso
en mi acta de nacimiento".

Rebeca hace pucheros. "¿No tienes,
no sé, un nombre *coreano* secreto?
¿Algo superchido que solo use la familia?".
Antes de que Bobby Lee pueda responder,
golpeo la mesa, enojado.

"¿Por qué no me preguntas a *mí*
cuál es *mi* verdadero nombre?
Todos me dicen Güero,
pero es solo un apodo.
¿Por qué tanta obsesión con él?
Es problemática, ¿no ves?".

Se levanta haciéndome muecas,
airada. "A nadie le importa
tu estúpido nombre, Güero.
No eres guapo como Oppa.

Y aparte tienes novia".
Se marcha, murmurando.
"¿Cómo lo aguantas?", le pregunto
a Bobby Lee. "Tan irritante.
Tal vez dejarían de obsesionarse
si salieras del clóset con todos".

La mirada de traición en su rostro
me saca el aliento como un puñetazo.
De repente entiendo por qué en los dramas
la gente cae de rodillas para pedir perdón.

"Ay, Dios mío. Lo siento mucho, Lee.
Eso estuvo gacho, fuera de lugar.
Nada de esto es tu culpa.
Solo me siento... ya sabes...".

"Lo sé, Güero. Lo sé.
No hay bronca, carnal".
Pero su espalda está tensa
cuando trato de abrazarlo,
y se aparta lentamente.

LLAMADA TELEFÓNICA CON SU PAPÁ

Joanna deja de ir al judo.
Sus calificaciones van bajando,
incluso en geometría avanzada.

Una tarde me presento en su casa,
insistiendo en que me deje
tutorearla en el comedor.

"Puedo con mis tareas",
insiste, apática e irritada.
"No soy tonta, sabes".

Antes de que pueda protestar,
suena su teléfono.
Es de la cárcel.

Le lagrimean los ojos
al bajar el teléfono.
"Apá quiere estar en altavoz".

"Oye, Güero", dice Don Adán.
"Mi mujer me cuenta que acá mis ojos
se está atrasando en sus clases".

"Estoy aquí para ayudarla, señor".
Joanna levanta una mano, enojada,
para callar mi respuesta.

"Hábleme a *mí*, no a *él*, apá.
No soy su responsabilidad.
Él no decide lo que haga".

Hay un momento de silencio.
Trago saliva, sintiendo cómo
la vergüenza surge en mis entrañas.

"Lo siento, mija. Tienes razón. Aun así,
mi vida está en pausa por el momento,
pero tienes tu futuro por delante.

"Sé que hay presión,
sé que le ayudas a tu amá,
pero no renuncies a lo que te gusta.

"Pasa tiempo con tus amigas,
juega, haz que el Güero te lleve
al cine. Y estudia, mija.

"Vas a ser una mujer importante.
Ingeniera. Arquitecta. Algo grande.
Que no te descarrile esto, ¿estamos?".

Joanna asiente, llorando suave.
"Está bien, Apá. Te lo prometo.
Pero cuídese. Lo necesitamos".

LAS MORRAS

Un montón de chavos quieren
ayudar a Joanna con lo que sea,
pero ella ya tiene una clica
que puede con casi todo.

Dalilah Benavides es la influencer
más famosa del pueblo:
sus videos de maquillaje de chola
siguen haciéndose virales.

Tiene decenas de miles
de seguidores que la adoran
y a quienes puede movilizar
si ella quiere o si hace falta.

Samantha Montemayor no tiene miedo.
Anda en scooter por todo el pueblo
y entrará al circuito de motocross
el año que viene para competir.

Comparte la afición de su familia:
su mamá y sus tíos participan
en el rally de motos
en la playa cada año.

Victoria Castillo es una cocinera increíble,
prepara todo tipo de comida deliciosa
en el restorancito de sus padres
cerca de la carretera.

Siempre bromea diciendo que se hizo
amiga de Joanna preparándole
el mejor pozole (el favorito de mi fregona)
de este lado de la frontera.

Lupe Paz es genial en el debate:
puede tomar el argumento
de cualquier oponente engreído
y hacerlo trizas.

Elle heredó la perspicacia
de su papá, el abogado
que representa a Don Adán.
Su récord es impecable.

LA MECÁNICA Y EL TRAIDOR

Hay cinco autos pendientes
en la yarda de los Padilla.
Joanna debe componerlos rápido
antes de que los dueños se los lleven
a otro taller.

Les pide ayuda
a los Bobbys y las Morras,
y pasamos dos fines de semana
como sus ocho asistentes
para que el trabajo sea menos.

Samantha sabe de motores;
Victoria y Lupe aprenden rápido.
Los demás hacemos lo que podemos.
¡Nos sorprende que Handy
sea tan hábil como su apellido!

Pero nuestro esfuerzo no basta.
Luego una voz habla, toda brusca:
"¿Puedo ayudar? Tengo habilidades".
Es Esteban González.
El Chaparro, el carnal de Snake.

"Vivo al final de la calle",
explica. No lo saludamos.
Joanna escupe, suspira.
"Dime, Chaparro, ¿por qué
querrías ayudarme?".

"Porque son fregaderas,
Fregona. Mis jefes también
son indocumentados.
No dejaré que Snake te haga esto.
Necesitamos venganza real".

"Ahorita, sé un mecánico",
le ordena con el ceño fruncido,
"y luego a ver qué pasa.
Si te ganas mi respeto,
puedes decirme cómo".

El traidor se pone a trabajar.
Saco mi diario y vuelvo
a leer sus palabras:
"Yo te protejo, él se venga,
y todos querrán que ya me abstenga".

A LA RU-RU

Cuando los carros han sido reparados
y todos los clientes ya han pagado,
Joanna ayuda a su mamá
a coser la ropa que aún no está.

Cada tarde, un libro entre manos,
voy a cuidar de sus hermanos,
y muy bien los monitoreo
hasta que se los lleva Morfeo.

Pero una noche Mari, la bebita,
no quiere dormir, se queja y se agita.
En mis brazos la tengo que tomar
y meciéndola empiezo a cantar:

> A la ru-ru, Mari,
> a la ru-ru ya.
> Duérmete, mi Mari,
> duérmeteme ya.
>
> Esta niña linda
> se quiere dormir,
> pero ese sueño
> no quiere venir.
>
> Esta niña linda
> que nació de día
> quiere que la lleven
> a ver a su tía.

Esta niña linda
que nació de noche
quiere que la lleven
a pasear en coche.

A la ru-ru, Mari,
a la ru-ru ya.
Duérmete, mi Mari,
duérmeteme ya.

Cuando ya está bien dormida,
en su cuna yo la acuesto.
Mi voz no será la más linda,
pero a todo estoy dispuesto.

PRONOMBRES

Uno de nuestros maestros, el Sr. Ross,
pidió nuestros pronombres cuando
comenzó el año escolar. Algunos otros
nos respetan cuando los compartimos
y se aseguran de usar los correctos.

¿Adivinen quiénes se niegan
rotundamente? Exacto. La Prade
y Ramos. Se refieran a Lupe
con el género equivocado todos los días.

Como forma de protesta, convenzo
a todos los estudiantes en ambas clases
de escribir sus pronombres en la parte
superior de cada hoja que entregamos.

Cuando pasan lista, todos decimos
"Presente, he/él" o cualesquiera
sean nuestros pronombres.
Tal vez los profesores no cambien,
pero por lo menos podemos hacer
que nunca nos olviden.

SUERTE DE ESTAR EN ESL

Estoy sentado afuera de la dirección
por segunda vez este año, y en mi vida,
cuando Joanna pasa caminando.

Me siento tonto cuando se dirige hacia mí,
frunciendo el ceño y sacudiendo la cabeza.
Se sienta a mi lado y exige una explicación.

"A veces creo que tienes suerte de estar en ESL",
le digo, "porque no tienes que lidiar con las tonterías
literarias de la vieja escuela de la señora LaPrade".

"No manches, Güero. ¿Sobre qué estupidez
estás discutiendo con esa señora hoy?
¿No te dije que le dejes decir lo que quiera?".

"Nos está haciendo leer un montón de libros viejos
de autores blancos, sin cuentos para chavos actuales
para equilibrar. Ahora los estudiantes odian la literatura".

"Entiendo. Pero ¿qué hiciste? ¿Trajiste un cómic?".
Niego con la cabeza y me río. "Hoy fue la gramática.
Escribió una frase en el pizarrón blanco...".

Hago gestos amplios. "'The blanket of stars spread
over the countryside.' Entonces nos preguntó
cuál era el sujeto completo de la oración".

Joanna piensa. "Es 'the blanket of stars',
¿verdad?". Asiento con la cabeza. "Sí. Pero luego
preguntó cuál era el sujeto *simple*. Olga dijo 'stars'".

Joanna entrecierra los ojos. Muevo el dedo índice.
"Es incorrecto. Pero la Sra. LaPrade aplaudió
y dijo que Olga tenía razón. Así que tuve que intervenir".

"No es cierto", dice Joanna, suspirando. "Pero lo hiciste".
"¡Claro que lo hice! No voy a dejar que los otros chavos
aprendan mal la gramática, nena. Corregí a la maestra.

"Le dije: 'No, señora. El sujeto simple es *blanket*.
El sustantivo *stars* es el objeto de la preposición *of*.
La frase preposicional *of stars* describe al sujeto".

Joanna pone los ojos en blanco. "Déjame adivinar.
Te quiso callar, pero no te callaste, ¿verdad? Ay, Güero".
Recojo el informe de conducta del otro asiento. "Sí".

"¿Cuándo vas a aprender, flaco? Deja que los demás
se ocupen de sus problemas. Ya sé: tu familia te dijo que
usaras tu privilegio para bien. Pero hay límites, güey".

"Pero, bueno, ya que piensas que ESL es mucho mejor,
dile al director que te ponga conmigo en mi clase. ¡Ja!
¿No que no? ¡No lo creo! OMG. Hay batallas más grandes".

LIMBO

La espera es lo peor,
sus ojos hundiéndose más
por todas las pesadillas
que le roban la paz y el sueño,
dejando solo angustia.

Tengo planes de acción,
tengo recomendaciones,
pero me muerdo la lengua y escucho
como me enseñaron mis padres,
mis ojos fijos en los suyos,
inclinándome hacia ella.

Escucho atentamente,
dejo que su pena se vierta en mí
para que pueda
al menos
respirar.

ORGANICÉMONOS

Después de un mes de "disputas legales",
El Sr. Paz, abogado de los Padilla,
quiere galvanizar el apoyo público.

Organiza entrevistas
con las estaciones locales
de CW y Univision.

Los reporteros hablan con la Sra. Benavides,
pero son Joanna y los cuates
los que prenden fuego con sus palabras.

"Se llevan a un hombre que trabaja duro",
dice Joanna, lágrimas en sus ojos feroces,
"que es amado por su comunidad,
respetado, honesto, católico fiel, y lo tratan
como un criminal, lo separan de sus hijos
y su esposa. ¿Acaso son valores familiares?".

El clip se vuelve viral. Los Bobbys se juntan
de nuevo con las Morras para manejar cuentas
de redes sociales con el nombre "Free Adán".

Dalilah hace un buen video explicativo,
enseñando técnicas cholas de delineado
mientras explica la injusticia y comparte
con sus fans nuestros alias y tendencias.

Filmamos un debate entre Lupe
y Lucas Higuera, presidente

del club local de jóvenes republicanos.
Elle destroza su postura antiinmigrante.

Pronto tenemos miles de seguidores.
Muchos nos preguntan qué pueden hacer.

Luego de una lluvia de ideas, vamos con Joanna.
"Organicémonos", le digo. "Algo grande".

LAS DUDAS DE JOANNA

ella:
No lo sé, wero,
¿qué tal si tanta atención
se nos retacha?

yo:
Dijo el Sr. Paz
que un público airado
convence al juez.

ella:
No me presiones.
Apá saldrá lastimado
si te equivocas.

yo:
Está bajo control.
Todos están de su lado.
Confía en mí.

HACIENDO PLANES

La emoción es contagiosa.
Nuestros amigos y familiares
utilizan toda herramienta
para luchar por una causa digna.

Nuestros padres toman la iniciativa.
Mi papá obtiene un permiso para la protesta,
que se llevará a cabo en el parque del pueblo,
frente a la corte de inmigración.

La tienda de la familia Lee
está a dos cuadras
y proporcionan materiales
para letreros, agua y snacks.

La familia de Victoria
venderá platos de pollo asado,
ayudando a recaudar dinero
para pagar los honorarios legales.

Los Handy conocen a la alcaldesa,
Alicia Montoya. Le piden que diga
unas breves palabras,
y ella acepta.

La Sra. Delgado organiza a los maestros
que tienen suficiente valor
para hablar en contra
de tal injusticia.

Teresa promete traer
a toda la LSA de la prepa,
la Alianza de Estudiantes Latines,
docenas de adolescentes.

He participado en algunas protestas,
pero esta es la primera que organizo.
Lo que siento por Joanna y Don Adán
me produce un nudo en la garganta.

Por fin puedo hacer algo por ellos.
Ahora verán lo que significan para mí.

LA PROTESTA

El día de la protesta,
unas doscientas personas
llenan el parque, ondeando carteles
que dicen *Liberen a Don Adán*.

La energía crepita entre la multitud
como llamas ávidas de fuego ferviente,
saltando de corazón en corazón,
una llamarada de indignación.

Están mis tíos, mi abuela también,
y chorros de chavos de nuestra escuela.
Todos piensan y sienten lo mismo,
como si compartiéramos una misma alma.

Joanna dice que le sorprende
toda esta solidaridad.
Puedo ver crecer la esperanza
en su corazón herido.

Unas palabras de apertura del Sr. Paz,
luego la alcaldesa Montoya se dirige
a la multitud y los medios reunidos,
pidiendo la liberación del Sr. Padilla.

Líderes de asociaciones de maestros,
varios empresarios, el superintendente
e incluso un miembro de la mesa directiva
toman el micrófono para expresar su apoyo.

Pero luego, mientras la Sra. Benavides
agradece a los manifestantes
y comienza a dar una actualización,
llega una caravana de camionetas.

Banderas estadounidenses ondean
junto a unas pancartas rojas que dicen
Make America Great y
Build the Wall!

Las puertas se abren
y el odio se derrama.

LA REACCIÓN

Es una fea contraprotesta
por gente que piensa saber la respuesta.

Como aquí se permite el porte abierto,
muestran sus armas para causar desconcierto.

Letreros con águilas, flechas en sus picos:
America First y *No Illegals.*

Cantan "¡Protejamos la frontera!"
y la protesta pacífica se altera.

Algunos son anglos, pero muchos "hispanos",
por lo que su ataque parece más profano.

Una mujer de plano pierde el quicio,
le grita a mamá un montón de prejuicios.

Un hombre mayor, veterano militar,
agita su rifle para amenazar.

Algunos de estos bien armados adultos
se enfrentan a los chavos con insultos.

A Lee le asalta un coro sin fin:
"¡Vuelve a China, Ho Chi Minh!".

Delgado reta a un grandulón,
"¡Golpéame si te crees tan fregón!".

Joanna agarra un cartel que dice
Deport Padilla Family!

El tío Joe rápido arrebata un bate
de un güey camuflado que está de remate.

Por fin llega la familia de Samantha,
acelerando sus motos, rechinando las llantas.

Pero un baboso saca una sierra de cadena,
y la policía entra, aplacando a todos en la escena.

Finalmente, todos se han dispersado,
pero los ataques apenas han comenzado.

TROLLS

Para esa noche, la página de Wikipedia
del Sr. Padilla ha sido eliminada por editores
que afirman que él "no es notable".

Entonces free-adan.org es atacado
por unos hackers que hacen que al sitio
no puedan acceder posibles donadores.

Los trolls inundan nuestros posts en las redes
con centenares de comentarios groseros.
Tenemos que cerrar temporalmente las cuentas,
pero emails crueles siguen llegando por horas.

"Esto se siente coordinado", dice Handy,
usando sus habilidades informáticas para que
todo siga corriendo. "Alguien nos echó
a estos idiotas encima como perros rabiosos".

Los videos se viralizan por todas partes,
y se divulga la información no solo de los adultos,
sino de los estudiantes de secundaria también.

Pronto a Joanna y mí,
a los Bobbys y a las Morras,
nos empiezan a difamar públicamente.

UN TIEMPO PARA MÍ MISMA

La desesperanza llega
durante una videollamada
en una conexión inestable.

"Te lo dije", dice Joanna.
"Pero crees que lo sabes todo.
Crees que tienes las respuestas.
Crees que puedes resolver esto.
Eres un chavo de *trece años*,
Güero. No puedes detener un sistema
que ha funcionado así durante años
o a los malvados que saben cómo
usarlo para lograr sus objetivos".

Mi mano agarra el mouse
como una granada, temblando.
"Es difícil lo que pides, Joanna.
Quizá demasiado difícil para mí".

"Todo lo que te pido es que
estés a mi lado en todo esto.
Pero quizá tengas razón.
Quizá sea demasiado difícil.
Quizá esté sola en esto".

Apenas logro ver las lágrimas
que caen por su cara
a través de la cortina de
mi propio llanto incesante.

"Joanna, lo siento tanto.
Te juro que ya le voy a parar".

Limpiándose la cara, asiente.
"Quizá lo hagas.
Hasta entonces, necesito
un tiempo para mí misma.
No me hables hasta que yo te hable".

Entonces sale
del chat,
encerrando
mi corazón
en la nada.

LO QUE PASA CON LA TIENDA DE LA FAMILIA LEE

Una semana después de la protesta
algo tan horrible sucede
que es casi imposible
de creer.

La tienda de la familia Lee
es vandalizada, las ventanas rotas,
grafiti rojo pintado en las
paredes de ladrillo.

"Regresen a China",
es el comentario menos ofensivo.
No me atrevo a escribir
los demás.

Los Lee están devastados,
enojados, confundidos: tienen
cuatro décadas viviendo en este
pueblito fronterizo.

¿Este odio habrá existido siempre,
esperando el momento indicado
para chorrear por las grietas
de la civilidad?

Casi todo el mundo llega
para ayudar a limpiar el vidrio roto,
raspar la pintura, pedir disculpas
a los dueños.

Mostramos nuestra solidaridad
lo mejor que podemos, pero algo
ya se rompió. Bobby Lee
lo resume:

"Pensábamos que este pueblo era seguro,
que éramos aliados con todos ustedes.
¿Pero ahora?

"Algunos de ustedes quieren que nos larguemos,
como algunos quieren que se deporte al señor Padilla.
Eso duele. Es triste. E irónico.

"Deberíamos estar *unidos* contra
la gente que quiere que *todos* nos vayamos".

¿QUÉ PASA CON ESTE PUEBLO?

Voy con el tío Joe al rancho,
tratando de asimilar los sucesos
de estas últimas semanas.

Enojado, me desplomo sobre un tocón.
"¿Cuándo se puso así nuestra gente?
¿Qué pasa con este pueblo?".

"Ay, mijo, ¿no has escuchado
mis lecciones de historia?
Ha sido así por más
de un siglo", explica.

"Sé que *antes* estaba mal...",
digo, pero Joe niega con la cabeza.

"La tierra en que se estableció
fue primero la madre patria
de varias tribus coahuiltecas.
Fueron asesinados o convertidos
por los españoles, y el rey de ellos
repartió porciones de la región
a las familias ricas. Con el tiempo,
al nacer la República Mexicana,
se convirtieron en grandes ranchos
que se hicieron más pequeños
cuando la frontera nos cruzó.

"Entonces llegaron los gringos
del norte y del este,
compraron la tierra,

establecieron este pueblo,
nos empujaron a los mexicanos
al sur de las vías del ferrocarril.

"Tomó munchas décadas,
pero nuestra gente se levantó
a tomar las riendas
de nuestra comunidad
una vez más".

Ahora es mi turno
de interrumpir.

"¡A eso me refiero!
Pensé que éramos especiales,
Pensé que habíamos aprendido
de toda esa opresión
a vivir con dignidad y respeto".

Joe se encoge de hombros y abre las manos.
"Munchos lo hicimos. Casi la mayoría.
Pero nomás checa nuestros votos
en las últimas elecciones
y verás cuánto un montón
de raza se ha rebajado.
Algunos quieren ser blancos
y tener ese poder, tanto
que le dan la espalda
a su propia gente".

Mi mente se llena de imágenes
de Joanna, callada desde hace días,
y toda la violencia que ha sufrido

por ser morena y vivir en una colonia
pero jamás agachar la cabeza.

Me duele la cabeza al darme cuenta
de que mi confianza se basó en mentiras.

¿Por qué no pude ver
los defectos en la joya
que parecía ser mi pueblo?
¿Porque tengo solo trece?

¿O porque están bien escondidos
por personas mayores que esperan
que todos olvidemos recordar?

EPIFANÍA EN MI YARDA

Casa imponente,
espeso césped cual jade
o rica alfombra.

A unas cuadras,
su hogar, sin terminar,
ruinas de un sueño.

POEMAS PARA JOANNA

El día de San Valentín
ella reveló la respuesta,
pero yo era demasiado terco
para comprender.

"Dame tu mano y tus poemas".

Es lo único que me ha pedido.
Así que me sentaré en este escritorio
con mi torpe corazón lleno de amor
y le enviaré lo que necesita.

ESTAS MANOS

Estas manos no son las de mi abuelo,
torcidas y enjutas, llenas de llagas,
marcadas con quemaduras de cemento
que revelan sus seis décadas como albañil.

Estas manos no son las de Don Adán,
pequeñas pero fuertes, manchadas
siempre de aceite de motor y gasolina,
pero capaces de mecer a una bebé feliz.

Delgadas, limpias, con las uñas recortadas,
mis manos bailan sobre los teclados
de la computadora y del acordeón,
hilando palabras y sonidos.

Un día espero que estas también sean
las manos de un maestro artesano.

ECOS

En el ensayo de hoy,
el primero en semanas,
estábamos sumergidos
en una ola sónica de cumbia
y empezamos a improvisar.

Luego Delgado frunció el ceño
y empezó a cantar una canción
que todos sabemos de memoria.
"Mi fantasía", una linda rola
que Don Adán solía tararear.

Dejamos de tocar entonces,
los corazones latiendo con ecos
de las melodías
que nos unen a un hombre
a quien respetamos y amamos.

Para mí fue más conmovedor;
la risa de su hija resonaba
en cada palabra anhelante.

"Tan solo de pensar
que te vuelva a besar,
mi corazón nervioso está
late que late".

LA BRUJA Y LE INFANTE DE LA FLOR

una fábula para Joanna y las Morras

La bruja pellizcó
a le infante de la flor
y le dijo la verdad:
"¿Esta carne que vistes?
No es todo lo que eres".

Las lágrimas brotaron
de los ojos de le infante
y suavemente se quejó:
"Pero es todo lo que otres
jamás verán de mí".

La vieja bruja se rio
y extendió lo brazos.
"Ahí te equivocas,
porque en cada alma
aguarda algo sin igual".

Rebosante de plumas,
la bruja pronto se volvió
un tecolote que ululó:
"¡Soy ave de la noche!
¿Qué serás tú?".

Temblando de miedo,
le infante se sintió
finalmente florecer.

Mudando ese viejo disfraz,
de pie se reveló,
y comenzó a reír.

ENCARANDO LA DURA VERDAD

Cada vez que quise hacerte sonreír,
¿no será que a tu dolor sin querer contribuí?
No es justo obligarte a sentir felicidad,
es lógica la tristeza, la rabia, la ansiedad.

Pero entiende, el estar nada más a tu lado,
ser dulce y amoroso, sobre las manos sentado,
se siente como si intentara liberarme
de un tácito deber que parece tocarme.

Pero voy aprendiendo tu insólita habilidad,
callado, encarando la dura verdad.

ME ENORGULLECES

sexta rima

Me enorgulleces, Joanna querida.
Con la frente en alto, te enfrentas
a la marea cambiante de la vida.
Juro estar siempre donde te encuentres.
Aunque sé que tú puedes con el peso,
te esperan estos brazos y un beso.

SÚPLICA

Errar es humano.
Perdonar, divino.
Eres la diosa
que rige mi alma,
¿me perdonarás
el perderte la fe?

RECONCILIACIÓN

Me encuentra en la biblioteca,
media docena de poemas en su mano
como un ramo arrancado
del jardín de mi alma.

"Sí", ella susurra.
La palabra es una llave
que gira en el candado
que cuelga del pasador
de la puerta sólida
que nos ha separado.

La abre de par en par
con un beso.

PROBLEMAS FINANCIEROS

Es caro luchar contra la injusticia
dentro del sistema jurídico.
Encima de todo lo demás,
a su familia se le agota el dinero.

"Si fuera temporada de impuestos",
dice la Sra. Benavides, "Joanna y yo
podríamos cobrar por ayudar a quienes
no saben declarar sus ingresos".

Hacen lo que pueden: aceptar costura
adicional, arreglar un par de carros,
cuidar a los hijos de los vecinos, llevar
la contabilidad de unas pequeñas empresas.

Las donaciones iniciales se han gastado,
pero las cuentas siguen acumulándose,
como si ese fuera el punto: que se den por vencidas
para que el sistema siga andando por siempre.

LA IDEA DE LUISA

Estoy en casa de la Bisabuela Luisa,
escuchando viejo norteño
y discos tejanos,
sintiéndome triste,
aprendiendo a vivir
con esta incomodidad.

"¿Cómo va lo de Don Adán?",
pregunta, acariciando mi mano.

Antes de darme cuenta, me sale todo
el dolor, derramándose en palabras.

Mi bisabuela me abraza,
luego señala sus álbumes.
"Me parece clara la respuesta
al problema del dinero.
Adán Padilla ama la música.
A todos nos encanta.
Y, mijo, pagarán
para escucharla en vivo.
Hay tantas bandas
en esta comunidad".

Me toma un minuto,
pero luego entiendo.
"¿Un concierto benéfico
tejano y norteño?".

La emoción brota,
burbujeando brillante

ante la oportunidad
de resolver un problema.

Pero me detengo.
He aprendido mi lección.

"No puedo ser yo", le digo.
"Ya hice que esa familia
sufriera más, dos veces".

Con un guiño, levanta el auricular
de su viejo teléfono fijo.
"Muy sabio. Déjame hablar con Bertha.
Si ella aprueba, me haré cargo".

LO QUE PIDE JOANNA

Después de que una lluvia de otoño
ha ensanchado el canal hasta el borde,
Joanna me envía un texto pidiendo
que nos veamos bajo nuestro roble.

Lleva puesta una falda florida
y blusa bordada sin mangas.
Por un momento parece una dríada
o hermosa chaneque, duende forestal.

Me abraza fuerte, me da un beso,
luego sonriente me cuenta la nueva:
"Amá está organizando un concierto
para recaudar dinero para la defensa de Apá!".

Resulta que el clan Benavides
tiene conexiones con el conjunto local.
Y la tía de Joanna, Xochi, es DJ
en una estación de radio tejana.

"¡Están invitando a buenos grupos, Güero!
Solo les pedí una cosita. Espero que esté bien".
Se muerde el labio y luego me golpea el hombro.
"¡Tú y los Bobbys pueden tocar también!".

"Espera, ¿cómo?". Pero me pone un dedo
en los labios. "Adivina quién encabeza el show.
Adivina quién es fan de los videos de Dalilah
y ha aceptado conocerte en persona".

La mente me da vueltas. Me encojo de hombros.
"Veronique Medrano, flaco. La chava en tu pared.
Interpretará unas de las canciones favoritas de Apá,
junto con sus composiciones originales. Chido, ¿sí?".

No importa que a Luisa se le ocurriera la idea.
Mi novia está sonriendo. Contenta.
Regalándome algo que nunca soñé.
En control de algo, esparciendo alegría.

Me abruman emociones encontradas,
una extraña mezcla de emoción y culpa.

Mi banda de chavos de trece años
solo compartirá el escenario
con tantos profesionales
porque mi novia está sufriendo.

Es como la calma agridulce
de la que siempre se habla,
la que solo encuentras
cuando estás de pie
en el mismo centro
de la tempestad.

CARRERA DE OBSTÁCULOS DE HALLOWEEN

No haré trick-or-treat, ya soy mayor;
en cambio, ¡daré a los pingos TERROR!

Los Bobbys me ayudan a decorar:
¡la cochera se vuelve fantasmal!

Si quieres un dulce, a correr sin protesta
entre una lechuza y la monja siniestra,

evitando arañas y manos peludas
¡que bajan del techo con patas velludas!

Dos villanos cuidan los dulces, ¡uy!:
¡Son la Llorona y el Cucuy!

A cualquier huerco que llegue tan lejos,
¡dos chocolates de tamaño completo!

Mientras se van, les queda el susto final:
papá con máscara de hockey, ¡qué tal!

Reparto:
Bobby Handy como *La Lechuza*
Bobby Lee como *Monja Siniestra*
Las manos de Bobby Delgado como *Dos Manos Pachonas*
Teresa Casas como *La Llorona*
Güero Casas como *El Cucuy*
Carlos Casas como *El Padre Enmascarado con una Cerveza*
Judith Casas como *La Rellenadora de Canasta de Dulces*
Arturo Casas como *Pingo que Pide Dulces con sus Primos*

DÍA DE MUERTOS

Van dos años que murió el bisabuelo.
Teresa insiste en que hagamos un altar
para saludar y homenajear a Jorge Casas
y recordarle a Bisabuela su amor.

El abuelo Manuel se opone al principio.
"Esta familia tejana nunca jamás
ha celebrado el Día de Muertos.
Es una importación reciente de México".

Pero Teresa sabe cómo hablarle.
"Tiene razón. Nuestras tradiciones se borraron
en las escuelas públicas por la hegemonía blanca.
Aun así, podemos elegir recuperarlas, ¿verdad?".

Como predije, ella gana la discusión.
Pronto la mayoría de la familia colabora,
encontrando la foto adecuada, decorando,
hablando de sus comidas y bebidas favoritas.

Papá recoge a Luisa para la cena familiar,
y queda encantada con los cempasúchiles,
el papel picado brillante, los tamales
y el tequila que adoraba su amado.

Toma su foto entre sus manos temblorosas,
la aprieta contra su pecho, susurrando:
"Mira nuestra familia, Jorge: gente linda
que nos quiere mucho. Hicimos bien".

COMIENZA EL CONCIERTO

Se alza el escenario,
engalanado de luces.
Más de mil personas
bullen en el aire fresco
del primer frente frío.
Xochi se dirige a la multitud
en su ritmo rápido de DJ,
para emocionarlos,
para hacer que griten,
para que entren en calor.

Luego una serie de imágenes
de Adán Padilla y su familia
se proyectan en la pantalla
mientras una balada sentida
da voz a nuestro
duelo colectivo
por la pérdida de algo
que simples palabras
nunca podrían nombrar.

LA PARADOJA DEL ESCENARIO

Después de unas palabras más,
Xochi Benavides grita:
"Demos la bienvenida a la
middle-school sensation,
Güero y los Bobbys!".

Joanna me abraza fuerte.
"Ahora, ve y muéstrales
lo que tienes, flaco,
esa cosa que me hace
el corazón palpitar".

Ruborizado pero feliz,
subo corriendo los escalones,
agarro mi acordeón,
y me uno a Delgado al frente,
ante un micrófono que espera
mi armonía en los estribillos.

Delgado tiene verdadero duende,
se acerca taconeando las botas y girando.
Agarra el micrófono y se toca el sombrero.
"Esta primera rola es pa' don Adán.
Una vieja pero buena".

Bombeando el fuelle,
hago sonar las primeras notas,
y la gente empieza a gritar y aplaudir.
Luego se me unen la batería y el violín
y tocamos "El palomito".

Juro que ondas de energía
se despiden de la masa de gente bailando,
atravesando el aire como rayos
hasta calarme el cuerpo.

Cuando la raza canta con nosotros
lo de "currucú, currucú",
olvido todo lo demás:
el dinero, la tragedia, la angustia.

Durante dos minutos y medio,
solo existimos los músicos
y la música que fluye
entre todas las almas
de estos desconocidos.

LA CANCIÓN DE JOANNA

La canción termina y mi cabeza se aclara.
Joanna hizo que esta magia sucediera,
un regalo para mí y los Bobbys,
dado sin condiciones, sin intereses,
sin que lo pidiéramos.

Pero este concierto no se trata de mí
o de mis amigos. Tampoco la canción
que he anhelado cantar
durante estos largos meses
de incierta preocupación.

Ahora busco sus ojos oscuros
que centellan en la primera fila.
El micrófono es un bastón mágico
que dará vida vibrante a la melodía
de nuestro primer beso.

"Esta es para Joanna,
la mera fregona,
la hermosa hija de Don Adán".

Volteo hacia los Bobby
y grito: "Let's go, boys!
¡Vámonos recio!".

Bobby Lee presiona una tecla en su laptop,
y ruidos electrónicos comienzan a sonar.
Handy golpetea su ritmo, un vals funky,
luego arrancan el acordeón y violín
con nuestro exclusivo sonido tecnojano.

Me esfuerzo por armonizar con Delgado
para las últimas líneas del estribillo:
"Yo no escogí a la Fregona.
¡Ella me escogió a mí!".

Los aplausos al salir del escenario
son maravillosos, pero más mágico
es el beso que me espera
cuando Joanna me lleva
detrás de las bocinas.

CONOZCO A MI ÍDOLO

Otros cinco grupos interpretan sus sets,
mezclas de canciones originales y favoritas
seleccionadas por el Sr. Padilla.

Entonces, cuando el sol se pone,
Veronique Medrano sube al escenario.
El espectáculo de luces complementa
los colores de su cabello, que sacude alegre,
su vestuario totalmente chido
y su voz inigualable.

Canta las canciones que me encantan:
"Aguas frescas", "Lotería",
"Tamale man" y
"Te entrego mi corazón".

Apenas puedo creer mi suerte.
Joanna me levanta la barbilla
como para cerrar mi boca abierta.
"Qué bueno que estás feliz,
pero no exageremos, ¿sí?".

Intercalados en su set
vienen covers magistrales
de grandes rolas tejanas,
como "Amor prohibido",
"Bidi Bidi Bom Bom",
"Si quieres verme llorar"
y "Oye, chico".

Veronique concluye el concierto
con el hit de Freddy Fender
"Wasted Days and Wasted Nights",
¡y el público pierde la cabeza!

Mientras las parejas se mecen
al compás de esas melodías antiguas,
tomo a Joanna y la llevo girando
a la multitud conmigo.

Es nuestro primer baile lento,
y no puedo distinguir si
el corazón acelerado que siento
es de ella o mío.

Después, Joanna me lleva arrastrando
detrás del escenario para conocer a mi ídolo.
Nervioso, solo tartamudeo un *hola*.

"Es increíble lo que han hecho
para unir a esta comunidad,
por cierto", dice Verónica. "Don Adán
debe estar muy orgulloso de su hija.
¿Y ustedes dos? Adorables.
La pareja más linda de su pueblo".

Cuando todo está dicho y hecho,
el concierto es un gran éxito.
Recaudamos diez mil dólares
que cubrirán los costos legales
y mantendrán a flote a los Padilla.

Y concientizamos a la gente
sobre el tema de la inmigración.

Es una sensación increíble, eufórica,
como que las cosas van cambiando,
como que vamos a ganar,
como que el Sr. Padilla
pronto será
liberado.

ALERTA DE SPOILER

Pero no.
De hecho,
las cosas
no se van
a poner
mejor.

LAI DE RESISTENCIA

¿No se defenderán?
Es tan simple el plan:
¡PERSISTIR!
Los derechos ya
se nos van a quitar:
¡INSISTIR!
¿Cuándo entenderán?
¡En sus manos está!
¡RESISTIR!

EL FALLO

15 de noviembre. El juez de inmigración
enumera las pruebas contra Adán Padilla,
un "individuo indocumentado que ha vivido
en los Estados Unidos ilegalmente por dos décadas".

- exceso de velocidad
- evadir a la policía
- no comparecer ante el tribunal
- ignorar una orden de arresto
- no pagar impuestos federales durante veinte años

El último punto es el colmo.
El gobierno ha calculado
que el Sr. Padilla los defraudó
por más de quince mil dólares
durante su tiempo como mecánico
autónomo. El dinero lo es todo.

El juez levanta la suspensión,
ordenando que Don Adán
sea inmediatamente
deportado.

SOLO ABRÁZAME, GÜERO

apareados adaptados de sus palabras

Tu familia es tan amable de visitar
y cuidar de los niños, a mamá consolar.
Tomemos el aire, aunque dudo que mejore.
Solo abrázame, Güero. Deja que llore.

Dicen que oscurece antes del amanecer,
pero ¿y si toda luz fuera a desaparecer?
Necesito tu calor. No hagas que te implore.
Solo abrázame, Güero. Deja que llore.

Jura ahora mismo que nunca te irás.
He rezado a Diosito y creo que quizás
Su respuesta sea simplemente tu amor.
Solo abrázame, Güero. Deja que llore.

EL SEGUNDO FRENTE FRÍO

un haiku

El sol se cubre
de nubes mortuorias,
de luto el mundo.

EL LETRERO

Estoy acompañando a Joanna a casa
después de clases, acurrucados juntos
contra el viento gélido y lloroso.

Colgado de la cerca de sus vecinos,
cinco pies de largo y tres pies de alto,
hay un letrero de un grupo de candidatos
para la elección de la mesa directiva
de nuestro distrito escolar.

Tres hombres, dos en trajes baratos
que no les quedan del todo bien:
Fernando Jones, exjefe de policía,
y Evaristo Barrera, papá de Snake.
Los que destrozaron a Adán Padilla.

Por un momento, Joanna solo mira
eso rostros enormes y sonrientes,
luego arroja la mochila y comienza
a tirar del letrero ferozmente, dando gruñidos
que se convierten en gritos sin palabras
hasta que el plástico se desprende.

Sin explicación, arrastra el letrero
hacia su casa. Recojo su mochila
y la sigo, muy preocupado pero
consciente de que no debo interferir.

Bajo el techo de láminas
que le daba sombra a su padre,
ella saca una navaja

y comienza a rasgar las imágenes
y los nombres sobre ellas,
hasta que solo quedan ruinas.

Su respiración se ralentiza
mientras la espero, inmóvil.
Sus ojos son de un rojo febril
cuando voltea a mirarme.

"Te dije. Siempre ganan".

COMO DIOS LE PROMETIÓ A EVA

ella:
La serpiente
en el jardín
del Edén.

¿Qué prometió Dios,
Güero?

Que alguien
aplastaría
la serpiente bajo su talón.

yo:
Este, sí, ¿su descendencia?

ella:
Todas las mujeres
somos sus hijas.

Así que,
como Dios le prometió a Eva...

yo:
Joanna. No puedes.
La segunda parte
es que la serpiente
herirá el talón
de la descendencia.

ella:
Ya me han herido antes.

UNA SEMANA SIN ELLA

Don Adán se queda con familiares
al otro lado del río interminable.
Extraña a su esposa e hijos.
Ellos también lo extrañan.

Así que Doña Bertha decide
sacar a sus hijos de la escuela
por unos días más durante
las vacaciones de Thanksgiving.

Necesitan tiempo juntos,
tiempo para abrazar a su padre,
tiempo para reír y llorar,
tiempo para sanar y planificar.

Pero no puedo evitar sentir
que una vez que Joanna cruce,
nunca va a volver, cual alma
atrapada en el Mictlán.

Me santiguo horrorizado.
Una semana sin ella
será bastante difícil.

Un infierno perderla por siempre.

THANKSGIVING CIVIL WAR

Thanksgiving es un día festivo favorito
de mi familia, que se reúne cada año
en la casa de Abuela Mimi para cenar
pavo y las guarniciones tradicionales.

Pero este año, hay una gran batalla.
Teresa comenzó señalando cómo
la fiesta borra el sufrimiento de gente
indígena, como nuestros antepasados.

Mamá y papá, Mimi y el tío Joe
y la mayoría de los primos concuerdan
en que deberíamos escuchar sus ideas.
Pero el abuelo Manuel se opone, firme.

"¡Hay que celebrar la fundación del país!
Nos ha dado libertad, oportunidad,
un hogar como ninguna otra nación podría.
Y seamos realistas: ¡los nativos no eran pacíficos!".

"No digo que Estados Unidos sea del todo malo.
Pero los europeos invadieron estas tierras, naciones
soberanas con gobiernos y leyes, y los masacraron.
Luego obligaron a las mujeres a tener sus hijos".

Intervengo para apoyar a mi hermana mayor.
"De ahí viene nuestra gente: mezclas violentas.
No se puede blanquear el pasado como si no ocurriera.
Respetemos a los pueblos originarios y a nosotros mismos".

Una semana de discusiones y explicaciones,
luego el abuelo Manuel finalmente cede
cuando Mimi le dice a su exmarido: "Mi casa,
mis reglas. Vamos a seguir el ejemplo de Teresa".

El brusco veterano de Vietnam levanta las manos.
"Pos, bueno. ¿Entonces cancelamos Thanksgiving?".
Teresa niega con la cabeza. "No, señor. No hace falta.
Lo descolonizamos, de arriba abajo".

El primer paso es la comida. Hay menos que cambiar
ya que la mayoría son alimentos nativos de las Américas,
pero los jóvenes encontramos excelentes recetas en línea
que utilizan lo preferido por nuestros antepasados.

El día de Thanksgiving, toda la familia llega
con un montón de platos que huelen delicioso.
Mimi saca el guajolote del horno,
y nos sentamos en las mesas que ha preparado.

El tío Joe comienza a hablar. "Sepan todos que
esta tierra que usamos es territorio Comecrudo.
En su idioma, el río que pasa por mi rancho
es Atmahau' Pakma't, el Gran Río.

"Los honramos hoy, su lucha constante
contra el muro fronterizo que daña su hogar,
que destruye el hábitat natural
del venado y el ocelote y el lobo gris".

Teresa nos enseña a decir gracias
en náhuatl, una lengua indígena
hablada por algunos de nuestros antepasados:
"Tlazohcamati", repetimos sonrientes.

Mientras papá corta el guajolote, nos turnamos
agradeciéndonos unos a otros y a Dios también
por la alegría y el amor que todos hemos recibido
durante un año de penurias y oscuridad.

¡Y luego a comer! Maíz y calabaza y frijoles,
una cazuela de camote horneado, tortillas,
¡y el gran guajolote condimentado con pasilla,
relleno de arándanos, ciruelas y nueces!

Para el postre, pais de calabaza y nuez,
con cortezas de harina de mezquite y amaranto,
endulzadas con miel y jarabe de arce.
¡Me sirvo varias rebanadas grandes!

Al caer la noche, todos alabamos a Teresa
por mantenerse firme y hacernos más sabios,
más responsables, más conscientes del pasado.
¡Thanksgiving descolonizado llegó para quedarse!

DUDO DE JOANNA

Después de una semana sin servicio celular,
Joanna no responde a mis llamadas
ni el sábado ni el domingo.
Nada más me textea:
hablamos el lunes
perdón, wero.

Algo se siente mal.
Sigo pensando en el letrero,
su coraje tipo Antiguo Testamento.
Así que agrego a las Morras
a un chat de grupo.

Oigan, si algo está
pasando con la Fregona,
tienen que decirme.

Todas leyeron el mensaje,
pero nadie responde
hasta que por fin Dalilah
envía una grabación de audio.

"Güero, no pasa nada,
pero si algo pasara,
no *tenemos* que decirte
ni madres".

No es fácil conciliar el sueño.
Sigo dando vueltas entre
pesadillas en las que

Joanna está tirada,
herida y sangrando.

Luego
a las 5:00 am
suena una notificación
en mi teléfono.

Es Lupe Paz.
me ha dejado
un mensaje.

"Normalmente no delataría a una amistad,
pero el miedo me está sacando de quicio.
Joanna planea llegar temprano a la escuela
y atraer a Narciso Barrera del campo de futbol
a un lugar con cámaras de seguridad.
Las otras Morras estarán allí con sus celulares.
Luego Joanna va a burlarse de ese imbécil
hasta que la ataque, solo para conseguir
que lo expulsen. Detenla, por favor".

No no no no.

Mi corazón se siente como si un monstruo
acabara de sentarse en mi pecho,
exprimiendo mi aliento y sangre
antes de que me devore entero.

Arrojo la colcha
y me apresuro al baño.

En cinco minutos más,
salgo por la puerta principal.

LA CONFRONTACIÓN

Precipitándome a la escuela,
me dirijo al campo de práctica.
Snake no está.

"Está con tu novia,
allá por los portátiles,"
gruñe un linebacker.
"Se ve que le hace falta
un hombre de verdad".

Corriendo por el césped,
ignorando sus burlas,
llego a un área iluminada
entre dos aulas improvisadas.

Joanna está parada frente a Snake,
hablando con callada furia.
Las venas en el cuello del quarterback
sobresalen como cuerdas de acero
a punto de romperse
y mandarlo a volar.

"Looks like I hurt your pride, but
¿de qué tienes tanto pinche orgullo?",
reclama Joanna. "¿De tu papá, adicto al juego
y la cocaína? ¿De tu madre solitaria,
que sale de la casa de un pelado diferente
cada sábado por la mañana?".

Es demasiado. Ha cruzado una línea.
Gruñendo, Snake blande el brazo
haciendo un puño y gritando:
"¡Pinche mojada! ¡Ahora vas a ver!".

RECIBIR LOS GOLPES

He intentado todo,
solo para darme cuenta
de que no puedo hacer nada
por ella.

            Pero ya
ha sido golpeada
lo suficiente. Por
lo menos puedo

recibir
estos
golpes
por ella.

EN LA BRECHA

Ella no espera que me
presente, mucho menos
que meta mi cuerpo flaco
en la brecha entre Snake
y ella. Extiendo los brazos
hacia atrás, agarro los suyos
y la alejo tan suavemente
como puedo antes de que
el puño de Snake se
estrellara
en mi
cara.

Caigo,
y él se
me cae
encima.

Después
del tercer
golpe, ya
no siento
nada.
Al alba,
el cielo
se funde
en negro.

EN EL HOSPITAL

Emerjo, subiendo lentamente,
de las profundidades reconfortantes
del descanso medicado sin sueños
para encontrar a mi madre y a Joanna
a mi lado, en una habitación de hospital.

"Ay, Dios mío, mijo,
¡Estaba tan preocupada!
¿Cómo te sientes?".
Me checa todo el cuerpo
y me besa las mejillas.

"Bien... Un poco mareado.
Ay, me duele la mandíbula".

"A poco". Mamá parece enfadada.
"Ese huerco desgraciado...
Dice Joanna que te golpeó
un montón de veces. Deja le hablo al doctor".

Después de que se va,
Joanna toma mi mano.
"¿Por qué, Güero?".

"Debería hacerte
la misma pregunta.
¿Por qué, Joanna? Digo,
sé por qué le tendiste la trampa,
pero ¿por qué no decírmelo?
¿Por qué arriesgarte?".

Besa los dedos de mi mano.
"Pues, así soy. Ya lo sabes.
No pudimos parar la deportación,
así que decidí hacer pagar a Snake.
Pero no podía pedirle a nadie ser
su blanco. Tuve que ser dura".

Toco su mejilla suavemente.
"Eso no es dureza. Eso es soledad.
Y tú no estás sola, nena.
Estoy contigo. No sé pelear,
pero nunca dejaré que te lastimen
o que te falten al respeto, Joanna.
Me pondré entre cualquiera y tú,
siempre".

Se frota los ojos llorosos
y sonríe a pesar del espasmo
de un sollozo en su pecho.

"Eso es hermoso, Güero.
Pero ¿no sientes curiosidad?".

Ladeo la cabeza, pero luego
me estremezco ante el dolor.

"¿Curiosidad de qué?".

Estampa su talón en el suelo
con un ruido aplastante.

"Lo que le pasó a Snake".

LO QUE LE PASÓ A SNAKE

adaptado de las palabras de Joanna

Cuando Snake comenzó a golpearte,
Dalilah y Samantha llegaron corriendo
de donde se habían estado escondiendo,
grabando con sus celulares.

Me alejaron a la fuerza, gritando
y pateando, porque ya estaba lista
para romperle la madre a ese vato,
pero sabían que, ni modo,
el plan estaba en marcha.

Por suerte, Victoria había encontrado
un guardia de seguridad, y apareció
justo a tiempo para detener a Snake
antes de que te golpeara aún más.
Lupe había llamado al 911, por lo que tanto
la policía del distrito como una ambulancia
llegaron a la escena rápidamente.

Para acortar una larga historia:
ha sido expulsado,
lo sacaron del equipo,
lo mandaron al campus alternativo,
está fuera de nuestras vidas.

Claro, también me suspendieron
a mí por "incitar a la violencia
en propiedad escolar".

Porque así funciona, ¿que no?
La víctima también debe ser castigada.
Nuestro gran sistema lo exige.

Pero, bueno, al menos así
puedo quedarme a tu lado
hasta que te recuperes.

¿Sabías que roncas?

EL SUSPIRO

La vida es un ciclo:
la adrenalina salvaje,
luego el suspiro.

Semanas de paz.
Nos recuperamos,
cuerpo y alma.

Dedicados a
saborear la calma,
a ser felices.

En secreto, me corroe
la certeza del cambio.

DELGADO DEJA LA BANDA

un sedōka, roto

Delgado:
Lo siento, pero
debo dejar la banda,
asuntos personales

yo:
¿Qué quieres decir?
Te ayudamos, lo que sea...
¡Somos carnales!

Delgado:
            perdón

NOS MUDAMOS A MÉXICO

Tocan la puerta.
Es Joanna, sollozando.
Mamá la hace pasar,
la sienta, la abraza,
mientras me agacho
y tomo sus manos.

Por fin puede hablar.
"Apá encontró una casa.
Al otro lado. En México.
Es muy caro mantener
a la familia separada.
Duro para su matrimonio,
y amá está preocupada
de que su tarjeta de residente
será revocada de todos modos.
Así que nos mudamos.
Nos mudamos a México.
Dejamos los Estados Unidos".

La noticia es un golpe al estómago.
Me dejo caer sobre el azulejo.
Papá acaba de entrar.
Mamá explica la situación.
"No", susurro, llorando.
"Esto no es justo.
¿Qué pasa con tus clases?
Y si te mudas,
casi no nos veremos".

Joanna gime,
me alcanza los brazos
y pronto estamos
llorando juntos,
mientras mis padres
intentan calmarnos.

"No tienes que dejar
la escuela", dice papá.
"Deja hablo con tu amá.
Güero y yo podríamos recogerte
todas las mañanas en el puente,
luego dejarte después de clases.
"¿En serio?", pregunta Joanna,
y su rostro se ilumina
al limpiarse las lágrimas.
"Pos, claro. Tus padres
podrían dejarte y
recogerte en el puente
del lado mexicano.
Es una caminata corta".

Llevamos a Joanna a casa.
La Sra. Benavides dice que sí.

¡Qué alivio! Será duro,
pero ella seguirá
con sus amigos
y conmigo.

MANOS ENLAZADAS EN LA TROCA DE PAPÁ

un serventesio

Dos veces al día el mundo olvido,
¡quince minutos de alegría habrá!
Brillante mi chava; lo demás, desteñido,
manos enlazadas en la troca de papá.

UN FIN DE SEMANA JUNTOS

El hermano de mamá, Santiago,
se ha mudado de Monterrey.
Consiguió un puesto de administración
en una maquiladora justo cruzando
el puente. Convenzo a mamá
de que me deje quedarme con el tío Chago
un fin de semana, para poder
pasar más tiempo con Joanna.

El sábado por la mañana caminamos
de la mano por la plaza del pueblo,
mirando a los pingos jugar con globos,
mientras deambulan los mariachis
entre la masa de turistas.

Pedimos hamburguesas enormes,
a la mexicana, con huevo
y aguacate y queso asadero
goteando por todas partes.

Luego por la tarde vemos
un combate de lucha entre su héroe,
el Dandy Junior, y el rudo y grosero
Cucu, con su máscara de monstruo.

Después de una merienda de elote en vaso,
la acompaño de regreso a su nuevo hogar,
donde los cuates insisten en que juegue
a las escondidas con ellos durante una hora.
Tío Chago me recoge cerca del anochecer,
y cenamos, poniéndonos al corriente.

Me quedo dormido en su sofá mientras
hablo por teléfono con Joanna (ahora
ninguno de los dos quiere colgar nunca).
Cuando sale el sol, me doy un regaderazo
y me visto para ir a la iglesia, acompañando
a los Padilla a su nueva parroquia,
San Martín de Porres.

La misa. El almuerzo. Una charla sobre
música con Don Adán. Luego, Joanna
me lleva a dar un paseo lento a la sombra
de mezquites junto a una resaca.
Encontramos un nuevo árbol para nosotros.
La protejo de una brisa de diciembre
y la beso suave antes de irme,
creando nuevos recuerdos.

BOBBY LEE ME CONFÍA ALGO

Después de la escuela, Bobby Lee
camina conmigo. Handy está enfermo,
y sabe Dios qué pasa
con Delgado.

"Creo que lo asusté",
dice Lee por fin, la voz ronca
de tristeza. "Quise
decirte, pero no hallaba
el momento".

"¿Cómo? Qué hiciste como
para asustar a ese güey
lo suficiente para que
abandone lo que
le gusta hacer?".

Bobby Lee se detiene
en medio de la huerta
donde besé a Joanna
por primera vez.

Sus ojos se han enrojecido.
Sus manos están temblando.
"Le dije algo".

Entrecierro mis ojos
y me volteo hacia él.
"¿Qué? ¿Por qué te pones
tan nervioso, carnal?".

"Estoy enamorado de...
alguien de nuestro grado...
un chavo con el que nos juntamos.
Eso es lo que le dije a Delgado.
Se asustó, pero gacho.
Malinterpretó todo".

Los engranajes giran en mi cabeza.
Ciertas cosas de pronto cobran sentido.

"Tú se lo dijiste primero.
Antes que a nadie, ¿verdad?".

"Él ha sido mi mejor amigo
desde segundo grado, güey.
Claro que se lo dije primero.
Pero ahora piensa que él es el chavo
que me gusta".

"¿Y no es?".

"No", dice, apartando los ojos
para quedarse viendo sus tenis.
"Me gusta otro".

Se hace una pausa
mientras considero
las implicaciones
de su mirada baja.

"Pues, déjame hablar
con ese baboso, entonces.
En cuanto al resto:
kórale, güey.

Si necesitas consejos,
yo conseguí que
la chava más fregona
de la escuela
se enamorara de mí".

No puede evitar reírse, y
sus hombros se estremecen,
al contestar en nuestro caló
privado hanmegsiko.

"¡Aishiwawa, chinguate!
Se me olvidó que eras todo
un Romeo ¡Aiguramba!".

Chocamos
los puños
y nos reímos
hasta llorar.

GACELA PARA GUADALUPE TONANTZÍN

escrito el 12 de diciembre

En una colina baldía, un rosal brotó.
Juan Diego, después de rezar, feliz se levantó

a seguir tu mandato. Subió hasta la cima,
hacia aquellas hermosas hileras en flor.

Del cielo llegaste y arreglaste en su tilma
esos tallos espinosos con singular amor.

"Hijo, bajo mi sombra estás, yo que soy tu madre",
le dijiste, tu voz como el canto de un gorrión.

Cuando las flores ante el obispo se tumbaron,
tu amada y santa imagen por fin se reveló.

Hela aquí en esta vela que enciendo al pedir
que en las tinieblas guíes mi corazón.

CONFRONTO A BOBBY DELGADO

"La banda te necesita",
le digo a Bobby Delgado.
Estamos parados al lado
de Rosy's Drive-Thru,
comiendo Takis preparados.

Antes de que pueda contestar,
añado: "Y ya sé la verdadera
razón por la que renunciaste.
Me hace odiarte un poco, güey.
Nunca me imaginé que
tuvieras esos prejuicios".

"No soy homofóbico",
insiste indignado.
"Pero tampoco soy gay,
así que quería darle
tiempo para superarlo".

Niego con la cabeza.
"O sea que crees
que le gustas tú.
Pero no es cierto".

"Sí, güey, lo que tú digas.
Pero si no soy yo,
entonces ¿quién?".

Dejo escapar un suspiro.
En mi mente, los ojos
oscuros de Lee me miran,

llenos de cosas que solo
ahora voy entendiendo.

"Estoy casi seguro de que soy yo,

pero he decidido no preguntar".

Delgado se me queda viendo,
moviendo los labios sin hacer sonido
mientras lucha
con la revelación.
Luego suspira.
"¿Qué vas a hacer?".

"Nada, Delgado.
Tengo una novia,
y él adora a Joanna,
así es que nunca
lo va a mencionar.
Voy a fingir que no lo sé.
Tú también. ¿Me captas?
Somos amigos.
Socios.
Carnales.
No dejaré
que nada
ni nadie
lo arruine".

THOSE THREE WORDS

Es el último día del año escolar,
cada clase una fiesta,
cada risa agridulce.

No puedo dejar
que se acabe este día
sin decírselo.

No es faltar a clases
cuando a nadie le importa,
así que la saco del aula.

Vamos caminando
a los salones portátiles
en el lado norte.

Le tomo las manos
y la miro a los ojos,
esos pozos sin fondo.

Antes de perder el valor,
digo esas tres palabras.

Las digo en cada
idioma que conozco.

Las digo con todo mi ser,
con este corazón de trece años.

Palabras que vienen reverberando
de los labios de la primera pareja
en ese jardín lejano.

I love you.
Yo te quiero.
Nan neol saranghae.
Nimitztlazohtla.

COMIENZAN LAS VACACIONES DE INVIERNO

Aunque serán solo tres semanas,
aunque tengamos smartphones,
aunque nos veremos y hablaremos
todos los días por Internet,
el destino nos corroe el corazón
parados en el estacionamiento
junto al puente internacional,
ignorando el ruido del motor
de la vieja troca de mi padre,
echando esa última mirada,
dándonos un último beso,
susurrando *adiós, Fregona*
y *te extrañaré, Flaco*,
mientras se sueltan
lentamente
nuestras
manos.

EPÍLOGO NAVIDEÑO

TODO LO QUE QUIERO

Me despierto temprano, y me asomo afuera.
La nieve aún cubre la calle entera.
Pero el sol celoso comienza a derretir
la magia que anoche se hizo sentir.

Pronto toda la familia se va a despertar,
abriremos los regalos antes de almorzar.
Soltaré mis carcajadas, el rostro risueño,
tal vez me ponga a tocar un canto navideño.

Pero como en el blues habrá notas en menor,
porque todo lo que quiero es ver a mi primor,
la chava que a mi alma siempre gobernará.
ojalá que la escuela empiece ya.

RECONOCIMIENTOS

Este libro no existiría sin el apoyo de muchas personas que creyeron en mí. Primero que nada, un enorme agradecimiento a todos los que ayudaron a hacer realidad *Me dicen Güero*. A Janet Wong y Sylvia Vardell, por pedir que escribiera "Chavo de la frontera", que lanzó todo el proyecto. A Bobby Byrd, por reconocer la promesa de ese poema y por editar el manuscrito original con ojo de poeta. A Zeke Peña, por la ilustración de la portada que sirve como primer vistazo para los lectores a la comunidad fronteriza del Güero. A los múltiples comités de todo el mundo que vieron en ese volumen delgado una historia perdurable y digna de reconocimiento crítico.

Pero lo más importante, a ustedes. Los lectores. Pasaron séptimo grado con el Güero, caminaron a su lado por esos pasillos llenos de estudiantes, comieron snacks con él, escucharon música junto a él y su bisabuela, lo vieron enamorarse. Y se reconocieron en él, sin importar la región, el idioma o la etnia. Gracias por hacer de *Me dicen Güero* un éxito… y por luego exigirme más.

En diciembre de 2018, antes de que comenzaran a acumularse los premios, visité la Escuela Primaria Pete Gallegos en Eagle Pass, en la frontera entre Texas y México. Los estudiantes dieron un espectáculo increíble, interpretando escenas de algunos de los poemas, bailando y cantando mis palabras, para las que habían compuesto música con sus maestros, frente a una versión tridimensional de tamaño real de la portada del libro. Me quedé completamente anonadado por la recepción, por la emoción de los chavos, por su disposición a meterse de lleno en la historia del Güero.

Después de mi presentación, se me acercó un grupo de chavas que habían estado muy involucradas en la dramatización de unos pasajes clave. Querían contarme cuánto les encantaba el personaje de Joanna Padilla, "la Fregona", quien se convierte en novia del Güero luego de rescatarlo de un bully.

"Es el mejor personaje del libro", me dijeron. "Pero no aparece en muchos de los poemas. ¿Estás escribiendo una secuela?".

Para ser honesto, el libro acababa de salir. Ni siquiera sabía si iba a ser un éxito. Pero definitivamente había más que contar, otras partes de ese mundo fronterizo por explorar.

"Tal vez", les dije. "Sí, creo que sí".

"Perfecto", dijeron las chavas. "Porque sí queremos una segunda parte. Pero tiene que ser sobre Joanna. También necesitamos conocer la historia de ella. Por favor, escríbela".

Les prometí que no las defraudaría. Y en escuela tras escuela, durante los siguientes años, chavos de todo tipo pidieron lo mismo.

Otro libro. Centrado en Joanna la Fregona.

Porque, decían todos, su historia merecía ser contada.

Tenían razón.

De modo que, a sabiendas de que un autor siempre debe poner primero al lector, comencé a esbozar los primeros poemas del libro que ahora tienen en sus manos.

Por la composición de *Le dicen Fregona*, tengo una gran deuda de gratitud con mis agentes, Taylor Martindale Kean y Stefanie von Borstel, quienes encontraron un buen hogar nuevo para Güero y Fregona en Penguin Random House. Todo el equipo del sello Kokila ha sido increíble, especialmente mi editora, Joanna

Cárdenas, quien comprende verdadera y profundamente a las comunidades mexicoamericanas en la frontera, así como lo que hace que las narrativas fluyan y la poesía brille. No podría haber pedido una mejor compañera en este viaje. Varios amigos me ayudaron a asegurarme de que mi descripción de los coreanoamericanos en la comunidad de Güero fuera lo más auténtica posible: Linda Sue Park, quien leyó un borrador y me brindó comentarios maravillosos, así como Ellen Oh, Jung Kim y Hanna Kim, quienes contestaron todas mis preguntas con mucha paciencia.

Ha habido muchas fregonas en mi vida: tías y abuelas, sobrinas y cuñadas, hijas y colegas. Su fuerza y resiliencia, coraza sobre un centro compasivo y sensible, me han protegido e inspirado una y otra vez a lo largo de los años. Solo espero que una fracción de su humanidad y dignidad se refleje en estas páginas. Soy una mejor persona con tales amigas y mentoras.

Entre todas ellas, debo señalar a una como la más solidaria e influyente: mi esposa, Angélica, la mera fregona de mi alma, sin la cual nada de lo que he hecho sería posible ni valdría la pena.

Gracias, amor. Nos vemos pronto bajo nuestro árbol.